陕西省委宣传部重大

月亮玫瑰

毕堃霖

著

西安出版社

图书在版编目（CIP）数据

月亮玫瑰 / 毕堃霖著. — 西安 : 西安出版社, 2019.2（2021.5重印）
（“陕西青年作家走出去”丛书）
ISBN 978-7-5541-3641-6

Ⅰ. ①月… Ⅱ. ①毕… Ⅲ. ①诗集 – 中国 – 当代 Ⅳ. ①I227

中国版本图书馆CIP数据核字（2019）第034072号

YUELIANG MEIGUI
月亮玫瑰

著　　者：毕堃霖
出版发行：西安出版社
社　　址：西安市曲江新区雁南五路1868号影视演艺大厦11层
电　　话：（029）85253740
邮政编码：710061
印　　刷：永清县晔盛亚胶印有限公司
开　　本：889 mm×1194 mm　1/32
印　　张：8.25
字　　数：137千
版　　次：2019年2月第1版
印　　次：2021年5月第2次印刷
书　　号：ISBN 978-7-5541-3641-6
定　　价：39.00 元

序

贾平凹

正是天寒地冻万物凋敝时节，读到十位青年作家的书稿令人欣喜与温暖。这批作家的写作有想法也有锐度，如同一道亮丽的风景，让人感受到文学的蓬勃力量。

陕西青年文学协会成立几年来，在团结文学青年方面做了很多实实在在的事情。“陕西青年作家走出去”丛书的编辑就是一项令人感动的事情。第一辑丛书我看过，整体水平高，社会影响大，在推动陕西青年文学写作方面起到了凝心聚力的积极作用，也向外界集中展示了陕西文学的新力量。如今，第二辑丛书再次推出十位青年作家，颇有长江后浪推前浪的气势。事实上，他们中的很多人在文学创作上已经取得了不俗的成绩。这次，“陕西青年作家走出去”丛书（第二辑）被列为陕西省重大文化精品扶持项目，就说明了他们的创作得到了认可，可喜可贺。静心翻阅十本风格迥异的作品，他们的文学才情令人感叹。这些作品无论是写乡村还是写城市，无论抒情还是言物都有显著的特点。他们对于现代化冲击下的社会突变、世相百态和复杂人性把握得比较到位，看得出是有深厚文学积淀的。他们在写作技艺上的探索与尝试不拘泥于传统，精到而又大胆。既有传统的现实主义叙事，又融合了荒诞、象征等现代主义笔法。作品意象飞驰，胸怀远方，呈现出陕西青年文学富有时代活力的精神向度。整体阅读这十本书，很有冲击力。

有人说文学正在被边缘化，但通过一批批写作者不难看出，文学自有它的天地归宿。因为文学书写的是记忆生活，是一件打开灵魂通透人心的事情。文学的美是所有艺术形式里最能激荡人心的美。我想，即使在未来的智能化时代，文学的功用也不会被取代。

所以我们常说生活是文学的源泉。只有深入生活，才能创作出既有时代精神，又有思想深度和生活温度的作品，才能引起读者的共鸣从而产生社会影响。在互联网时代，信息的获取快捷丰富却又复杂多变。如何保持清醒的态度建立自己的文学写作观念值得大家思考。现在的一些文学作品的确精巧、华丽，读起来也有快感，但缺少筋骨和力量，说透了就是缺乏打动人心的感染力。我想，在这样一个众声喧嚣的思想体系里，写什么和怎么写不仅仅是青年作家面临的困惑和难题，也是我长久思考的问题。文学不仅反映生活，也要照亮生活。这大概就是文学的神圣与伟大之处。

当下，陕西的文学氛围非常好。省委、省政府高度重视文学事业，资助“百优作家”，号召文学陕军再进军。所以，耐下性子，静下心来，关注现实生活，关心国家命运，以甘于坐冷板凳的心态踏实写作，就一定能写出好的作品。我相信几十年后，再看这些作品，就会更深刻地理解“陕西青年作家走出去”的深远意义了。

（贾平凹，中国作家协会副主席、陕西省作家协会主席）

担当时代使命　勇攀艺术高峰

钱远刚

陕西是文学的沃土，青年是文学的希望。青年作家的成长成才一直是文学界重点关注的话题。陕西青年作家对文学坚持不懈的执着追求、扎实稳健的步伐、深切的生命体验与独特的审美意识展现出充满朝气、昂扬向上的蓬勃英姿。按照“出人才出精品”的要求，陕西省作家协会高度重视对青年文学人才的培养，不断完善工作机制，探索创新方法，千方百计地为青年作家的成长成才搭建平台、提供机遇，使陕西作家队伍呈现出文学发展新气象，成为文学陕军新生力量。

党的十九大描绘的“两个一百年”奋斗目标、开启中国特色社会主义建设的新征程，党和国家事业取得了历史性成就和历史性变化，为文学作品的创作提供了丰富的滋养，广大青年作家和文学工作者要与人民同在，与时代同行，与改革同向，与发展同步，自觉践行和弘扬社会主义核心价值观，坚持远大理想、提升思想境界、加强人格修养、拓宽文学视野，用心用情用功抒写我们伟大的时代，才有可能创造出展示时代风云际会、反映人民群众生活的优秀文艺作品！

气象万千的新时代属于每一个人，人人都是新时代的见证者、开创者、建设者。在习近平新时代中国特色社会主义思想指引下，陕西省委提出了大力推动“文学陕军再进军”的战略部署，我省文学事业繁荣发展，文学界精神面貌焕然一新，文学创作出现了前所未有的大好局面，这为青年作家提供了大有作为的用武之地。青年作家更要志存高远，克服“浮躁”，坚持以人民为中心的创作导向，深入生活，扎根人民，坚定文化自信，自觉向大师学习、向经典学习、向人民学习、向实践学习，守正出新，再创佳绩，努力攀登文学艺术新高峰。

去年，在省委宣传部指导下，在陕西省作家协会的支持下，陕西省青年文学协会面向全省青年作家公开征集作品，经过专家学者认真评选，共有十位陕西青年作家入选“陕西青年作家走出去”丛书第一辑，在文学界取得了良好的反响。今年，该丛书再次面向全省青年作家公开征集优秀文学作品，引起广泛关注，并被省委宣传部列入2018年度陕西省重大文化精品扶持项目。这是唱响做实新时代“文学陕军再进军”的一个重要举措，彰显出陕西新一代作家逐渐走向成熟，预示着陕西作家人才辈出，文学新人在具有厚重的历史文化、丰富的革命文化、灿烂的先进文化的三秦大地茁壮成长。

这次应征入选的“陕西青年作家走出去”丛书第二辑十本书摆放在案头，我一边翻阅着青年作家的辛勤之作，一边不禁为之欣喜。这些作品无论是描写现实题材的小说，还是抒情言志的诗歌，抑或是行文优美的散文、犀利尖锐的评论等等，无不体现出个人写作的进步与超越。他们不因为代际、职业和身份等问题，而缺少对世界的独特感受与敏锐观察。在不同的文学领域，他们表现出起点高、潜力大的特点，文学作品整体上呈现出丰富性和多样性。黄朴的小说集《新生》生动地描绘了城乡社会的众生之相，独特地展现了人性深处的幽微和光芒。武丽的小说《明镜》采用第一人称叙述，笔触精致，情节跌宕起伏，展示社会上特定群体不为人知的一面。刘紫剑的中短篇小说集《二月里来好春光》则多维立体地揭示了日常琐碎中各色人物的生存真相与悲喜故事。王闷闷的中短篇小说集《零度风景》用传统的文化底蕴和现代文本意识，表现当下社会高速发展下存在的问题，以及人与天地与万物的相抵触又相融合的矛盾复杂的心理。毕堃霖的诗集《月亮玫瑰》中一个个自然的物象，在她灵动的笔下，被赋予更生动更多义也更纷繁的诗学意义。穆蕾蕾的诗集《倾听存在的河流》折射出她精神探索的轨迹，随处可见她伫于一物一思而成的诗絮。刘国欣的散文集《次第生活》主要是对生活的内观活动，尤其对童年生活、民间陕北的文化记忆进行了观照。曹文生的散文集《故园荒芜》以故乡为载体，写乡人和事物在现代化冲击下的突变。王可田的评论集《诗观察》通过不同角度、整体性的观察、论述方式，对不同年龄段的活跃在诗坛上的陕西诗人进行了详尽、客观的解读和阐释。献乐谋的网络文学《剑无痕》以沈无眠为父报仇的桥段作为主线，体现出了天外有天、山外有山的感觉。这些作品在显露作者文学才华的同时，对于更新文学观念、传承与思索文学技艺、扩展文学疆域都做了有益的探索与尝试。

这是一个生机勃勃、千帆竞发的新时代，更是孕育文学作品、催生艺术精品的新时代。陕西的青年作家应该勇立潮头，敢于担当，肩负重任，坚持以人民为中心的创作导向，记录新时代，抒写新篇章。要抓住 2019 年中华人民共和国成立 70 周年、2020 年全面建成小康社会等重要时间节点，深入挖掘人民群众的豪迈激情和奋进历程，潜心创作出一批讴歌党、讴歌祖国、讴歌人民、讴歌英雄的文学作品，为实现中华民族伟大复兴的中国梦和陕西追赶超越提供强大的精神力量！

（钱远刚，陕西省作家协会党组书记、常务副主席）

目录

第一辑：天鹅之歌

目录

第二辑：人间草木

第三辑：月亮玫瑰

第四辑：放逐白鹿

第一辑

天鹅之歌

归　一

搬空柏拉图、哥比伦、莎士比亚、裴多菲、歌德、尼采
达芬奇、梵高、丘吉尔、俾斯麦、巴赞、小京安二郎
搬空密西西比、底格里斯，太平洋、印度洋、马六甲海峡、
　恒河
搬空阿尔比斯、大高加索、冈仁波齐、乞力马扎罗
搬空秦岭、昆仑、珠峰七十二座
搬空亚、非、拉、美、欧、南北极

搬空　搬空一座图书馆
也将拥塞在脑袋里的万卷之书
一本本拿掉
清除久积的灰尘和腐败
让蠹虫和蛛网无枝可栖
撒一把花的种子
放几只小鸟进来
打开窗户　让空气进来，让阳光进来
放土拨鼠，红狐，野兔和羚羊进来
把水闸打开，让河流灌满谷地
把一整座瓦尔登湖，西高峰，以及神庙的狮子都放进来

雪山返回到极地
肉身返回到婴儿
历史返回到四万八千年前
糙米粗陶，刀耕火种，茹毛饮血
用石块猎杀麋鹿
用两片叶子遮羞
仓颉不再造字　神农氏也不必尝遍百草
亚当和夏娃在伊甸园耕种
星光从玫瑰的阴影洒下
一化万物，而万物化一

心的旷野

心是一片旷野
我用它来放牧天上的星星
再圈养一群星星一样多一样洁白的羊群
和几百头留着长须的憨厚老牦牛
安置城市里一棵棵被林立高楼挤得没有立锥之地的
　大、小树
安置一块块在深山里寂寞了千年的石头
安置把巢筑在悬崖上的秃鹰
和秃鹰盘旋捕猎的那一片榛子林
安置秦岭，安置长安，安置我童年的西川河

所有记忆迟迟不肯消化的东西
我愿意像蜗牛　把它们都背在肩上
一步一个脚印地
把它们　妥善安置在我的私人领地
然后，再用旧木头和被太阳晒得芬芳的干草搭一间
　小屋
我是小屋的主人

安居于旷野

我是旷野的王

有时是日出而作日落而息的农夫
种花种黍种春风
有时是踏歌而行的牧羊少年
用一支横笛招蜂引蝶
有时是狂放不羁的游吟诗人
饮一壶月光就能下酒
有时是深沉忧思的老者
叹息着逝者如斯夫不舍昼夜
有时是烂漫无忌的孩童
摔倒在荆棘丛林　还不忘摘一朵花斜插衣襟

大碗喝酒　大口吃肉
放声大笑　也嚎声大哭
赤裸身体　做一条蓝湖的鱼
安于一隅　纯粹成自然的一粒埃尘

我的旷野在高处
没有栅栏
却只有天鹅和雄鹰才能造访
狼群和狮子是我的邻居
我们各安其道　和睦共生

生命书

当生命薄的只剩下最后一页
我希望呈现这样的场景：
深秋枝头挂霜的柿子
在不动声色的寂灭中　积攒内心的红和甜
或是闯入沙漠的
一条开疆扩土的浅浅溪流
在一棵被伐倒的胡杨树根部　把最后一滴血熬干

回望这一生　浪静风平
多盐的海水　总是试图从内部溺泅我
潘多拉盒子里飞出的疾病，痛苦，灾难，和不公
绝望，乃至与死神吻眉擦肩　都被我一一承受
况何这游于一线的生命
况何这残败枯萎的肉身

我有创世的胆量
敢从火中取栗
敢推石头上山
敢从上帝那儿盗取闪电
苍山覆雪
死神垂下达摩克里斯之剑
我以我向日葵的头颅赴约

梦　见

梦见一位脸上长满黑斑的老人
梦见海明威
梦见大海和蓝鲸
梦见破木船和折断的桨
梦见霍恩盖尔　梦见她金黄的头发和尖削的颧骨
梦见凌霄花昂起高傲的头
梦见乞力马扎罗雪山上的神庙
梦见被冰与雪做成标本的狮子

梦见深蓝天空笼罩下的海子
梦见掠过高原的大鹰
梦见西域的格萨尔王
梦见六角白象　梦见观音、宝瓶和莲花
梦见文成挥泪别过的倒淌河
梦见飞越珠峰的天鹅
梦见供奉万佛的雍布拉康
梦见鲜红的僧衣和雪地上的脚印

梦见冰融雪消　草原返青
梦见野马驰骋　格桑梅朵在蹄下绽放如海

梦见　西高峰上的狮子复活
在梦里　狮子追赶她
向东逃窜　向北而驰
向南迂回　向西折返
体型庞大身手敏捷的狮子
让她无处遁形　插翅难飞

在追与赶中
在攻与御中
在血与刀中
他们和解
他们不再　相互克耗
他们达成默契　重新上路
他们势必要
翻越比乞力马扎罗更高的山
抵达神　和神祇的宫殿

天鹅之歌

一

群山如瓮
蓝天似深海
黑鹰在高空盘旋
手握闪电和蛇的少年　将自己逼上刀锋
不甘命运的摔打和盘剥
试图反抗　试图从榨干人血的黑暗之井逃脱
把自己从洪水一样的绝望中解救出来
渴慕闪电的利刃　给满目萧然的大地开膛剖肚

少年和他的影子相依为命
少年和他的影子一起奔跑
少年和他的影子登上高处
江山逶迤　有他做梦都渴慕的远方
落日拉长了少年和他的影子
那清绝纯粹的孤独啊
空旷的　需要响彻天地的裂锦之声

二

时间的河流
不断打磨着石头　也打磨着肉身
没有一根树枝
能栖下荆棘鸟泣血的歌唱
麻木是昨夜的冷风　渗入每一寸冻僵的土地
也让萧索和脆弱一览无余

大雪覆压的冰湖
一只落了单的白天鹅　凄声如咽
十万春风都荡扫不了的寂寞啊
你这被月亮和玫瑰宠溺的女人
你这被洁癖和高贵惯坏的天鹅
那个手握蛇和闪电的少年
那只有着漂亮花纹步态雍容的豹子
是怎样一步步走近
并且将你俘获

怒江，怒江

怒江翻腾着
穿过月夜的草甸
穿过幽深的峡谷
穿过延绵起伏的藏东红山脉
和星子一样散落的湖泊与海子
奔腾、喧嚣着向前……

雷霆之上，是十万条闪电布阵
苍穹之下，五万头狮子在怒吼
你这受伤的灵兽啊
在布满峭峡深涧的高原大地上
咆哮和横冲直撞

那该是有多愤怒
多沉郁，多不甘
和多撕肝裂肺的痛
需要一条被雪锻造的河流把自己烧的滚烫
昼夜不息　千年不改地
将一种不满和抗争　进行到底

什么都不能使你低头呵
每一声滔天的怒号
都像是要粉碎一种逆来顺受的
麻木和庸常
气吞万里如虎　仿佛日月
都会成为你的盘中之餐

西西弗斯是推石头上山
你不过是让大河向下
跌断脖子，手脚，双肋……
哪怕是粉身碎骨——
都阻挡不了你的胸臆激荡啊
天空蓝的发暗
秃鹫在野岭盘桓
你把一朵朵洁白的浪花　开给荒漠

我见过浑浊呜咽的黄河
也见过被蚕食的越来越瘦的长江
此时，我站在怒江边上
听那轰鸣声　如雷贯耳
它擂响战鼓
击中每一条神经元

沉浸在怒江的宏大交响里　几要失去听觉
与此同时，我听到另一种声音的澎湃回声
从此也理解了怒江　和它血性的流淌

那是一种高贵的嘶声
那是振臂高呼“王侯将相宁有种乎”揭竿而起的
　陈胜吴广
那是大喝一声“彼可取而代之”的西楚霸王

一位被罢黜荒蛮弃至雪岭的将士
一只行云布雨翻江倒海的白龙
一个夜夜入我梦来的神兽
一条被我反复吟诵的河流
它在人间受的伤
需要我　以我血来供养

一块石头的命运

在极远极旷的大地
在祁连，昆仑，秦岭山中显现　从火山和地心最深处
　长出的石头
被云朵吻过，太阳吻过，月光吻过，热辣辣发烫，
　也沁凉凉入骨的石头
几千几万年了　石头，一直是时间的悖论
关乎永恒　它是最后的捍卫者，守护者
和绝对的破坏者
存在　恰是极致的虚空与虚空的极致

从火山和地心长出的石头
渴望飞翔的石头
在山中参禅悟道吐纳精气的石头
灵魂一次次变得轻之又轻　如风送走一缕羽毛的轻
目视苍穹　它开始向鹰隼练习飞翔
梦一般轻盈的飞翔
却被分不清是海的还是天的巨大的蓝
压在胸口　无法动弹

石头只能在梦里练习飞翔

大海倒置的蓝天
蓝的像一滴眼泪，一块碧玉，一只琥珀
石头就在那蓝中　如婴儿在母亲的子宫里
石头就在那大地
和芨芨草、马蹄莲、灰灰菜、蒲公英
花栗树、铁椰树、合欢树、红杉树一起
跟随春天一寸寸地　勃勃而发

这是一块不断生长，不断向上
直入云霄，并趋向太阳的石头
它视听机敏　近乎神灵
它能听到自己骨骼拔节的声音　虫鸣鸟啾的声音
风的声音，雨的声音，雪的声音
草叶与花朵私语的声音　云朵与云雀调情的声音
麋鹿掠过青苔的声音

这是一块被时间遗忘的石头
它假装昏沌　不知今夕何夕
在石头被时间遗忘　它也在遗忘时间的时候
刺耳，逼仄，轰鸣又燥热的　陌生的声音
现代机械给群山开膛破肚的声音
轰隆隆紧逼来了　某种潜在的危险
在寂静的空气中肆无忌惮　张牙舞爪

石头试图飞翔

试图化为闪电
石头试图与入侵者同归于尽
石头已经做好粉身碎骨的准备
在漫长的时间洪荒里
早已与大地骨肉相连
石头不能离开大地
石头只能坐等命运

“天哪！
多么好的一块石头
玉一样的石头
无与伦比的石头！”
“这哪里是一块石头，
分明是一座山头嘛！”
“这石头若搬到城市，景区，塑成佛像，就是无价之宝！不，哪怕不塑成佛，也是无价之宝！”
“傻瓜，别妄想了，你能把一座山头吃到肚子里去？”
“哎，走吧，到别处看看。”

陌生人类的聒噪　近了又远了
直至完全消失
石头长久地陷入迷茫
它总是仰望
花瓣的轻，羽毛的轻，云朵的轻，鹧鸪的轻
天鹅的轻，鹰隼的轻　轻到自由自在和云端飞翔
却忽略了自身以巨人的方式完成的重

从石砾到石头的重
从石头到山头的重

直至　山间鸣起一声枪响
一只大雁栽倒在它脚下
羽毛洁白，鲜血殷红　惊心触目
萦绕的雾气　将它的眼睛打湿
它终于开始正视自己
比羽毛更轻盈，比时间更永恒的石头的重

原　罪

人有原罪　上帝创造人　又用一根骨头造出女人
芳香和燥热混杂的伊甸园　让肉身膨胀，让神灵昏睡
亚当和夏娃偷食禁果　给贪婪蛇落下口实
永坠于无限的深渊和滚滚浊流

美丽有原罪　三位女神的金苹果
是火的罂粟花　白的曼陀罗
是被迷药和春天拐走的海伦
需要背负　一座特洛伊和一部史诗的淫荡之名

执念有原罪　不管是将人变成石头的美杜莎
或者美狄亚　发出尖刀一样划破旷野的嚎叫
云下的火焰　地上的玫瑰
天使般沉睡的婴儿　如水中白莲静卧

迷恋有原罪　纳西塞斯和他的金盏花
日日在逝水的溪边　顾影自怜
伊卡洛斯的高空飞翔　被太阳折断双翼
无限下坠　葬身于碧波万顷的大海

反抗有原罪　推石头上山的西西弗斯
日夜不息，周而复始地劳作　在这个既不是荒漠也不是沃土的人间
属于他的　只有头顶的冷月和长的没有边际的时间
盗取火种的普罗米修斯　等待他的是高加索山的铁索和恶鹰

阿佛洛狄忒　海的女儿
无论　多么澎湃的回响　多么激烈的狂潮
终究是将自己投身于一场　泡沫的粉碎
潘神的迷宫里　酒神狄奥尼索斯和祭司萨提尔酩酊大醉
弗雷泽抛下槲寄生的金枝　奥修熟稔他的白云之道
查拉斯图拉在寂静的小院喃喃自语
云雀飞过济慈的檐下　诗人在深夜吟哦

我有原罪
欲海中的肉体凡胎
迷恋星空和蓝鸟
被太阳和毒箭追赶
一如阿基琉斯之踵
奔跑在　火焰与烙铁之间

命　运

我和命运的抗争　从没有停止
多少年过去了
仍旧活的像个屡败屡战的斗士
没有什么能使我　双手投降
天生的反骨　需要以命对峙

达摩克里斯之剑就悬挂在头顶
一只被唆使的仓鼠　正向着细线步步近逼
寒光的利刃　并不使我惧怕
来吧　我不会坐等鱼肉
管它哪条道上的牛鬼蛇神
来吧　我们在正义之神忒弥斯的注视下决斗

是谁　在梦里发出阴森的窃笑
是谁　迫使人像狼一样在深夜狂嗥
把膝盖折断　把泪眼哭瞎
是命运　是命运之门的紧箍咒在转动法轮
我与之的抗争
必将是　从生到死，从死到生

憋在嗓子眼的最后一口鲜血
卑微的倔强
最后都化成清晨草叶上的晶莹露珠
甚至连露珠都不是
一朵被踩踏的紫罗兰又开出新的花朵
甚至连花朵也不是
一颗不起眼的小石子
被时间连同它自己遗忘

缄默　是那些暗夜里
提着灯笼的萤火虫
把伤口藏在谁也找不见的地方
上帝说:要有光
于是　它们自觉为人间掌灯

天　鹅

一

我是我自己的天鹅
我与我的同伴走散
有时候走散只是一个含糊不清的借口
就像这个世界上很多孤独
只是看着孤独

二

群飞的天鹅是诗意之美
单飞的天鹅是孤独之美
一生清白
只留给天空和云朵

三

是的　我就是那只
出生于鸭圈却怀揣着天鹅梦想的丑家伙
自卑是笼罩在头顶的乌云

需要以西西弗斯推石头的勇气
才能将它们驱散殆尽

四

从长出第一根羽毛开始
就学会了爱
爱这一双飞天的翅羽
爱自己的清白之身

逐岫云而居
择清水而栖
自绝地迁徙
太阳和飞翔
是天鹅一生的命运

五

天鹅
兀自飞翔
兀自觅食
兀自到溪水边饮水和梳理羽毛
兀自追逐梅花和月亮
兀自踏着雪和自己的影子
兀自走向大河的中心

旷　野

时间是一匹不曾回头的白马
自己桀骜不驯
却教会人
低下向日葵一样的头颅
它吃下一个草原
化一堆秋冬的灰烬
也蚀尽年轻的骨头
给黄昏一个压弯的背影

远古的风夹着冰雹
在黑夜里呜咽呼啸
带着出尘的清凉和凛冽
也许是来自遥远的西伯利亚
或者幽静的山谷
天空被清洗的通体透明
它临幸过的那三棵桔梗
耷拉着脑袋　在角落里
缩成一堆枯黄

贫瘠的原上

死寂般荒凉
连阴郁的乌鸦都飞走了
生命在零下的温度里凝固成冰
然而　谁会发现
雪的下面潜伏着一粒粒不安分的草籽
那是有铁的硬度
燃烧起来
比火更烈　比死更强
比爱情更炽烈
比仇恨更汹涌

立在两山之间
独木桥上　左右摇摆
行迟中　眼睁睁看着
那一丛被秋霜赶尽杀绝的花朵
在惶恐的枝头摇摇欲坠
应风而落　击中大地的心跳
也牵动着　蹉跎岁月日渐麻木的神经

一次次汗水紧贴着白羽
渴慕　腾空那一刻
轻盈如琼花蹁跹
在心的旷野之上
居住着一只大鸟
扶摇直上　击水三千
并试图从年岁的轮回中挣脱

给沉重也插上翅膀
随落叶秋风一起荡扫八方

遥远的旷野
在一缕光的剪影里
一匹瘦马　和时间赛跑
苍凉的信天游，连同呼啸的风
在河山间久久回荡
西面山坡上的酸枣树
还挑着一弯
冷冰的月亮

山 鬼

女孩过早成熟
过早体验人间冷暖
孤独，仿佛与生俱来　与她如影随形
就连快乐，也藏于别人找不见的地方
像细小的萤火虫　兀自在暗中发光
不止一次地畅想　她的前世
定是一只遁失深林，四处游荡的山鬼
迷恋大山，迷恋森林
迷恋枝杈纵横的大树，迷恋馥郁芬芳的花丛
所有这一切　都使她富足而快活

打小，她就一次次频繁来到秦岭山中
以葛藤束腰，学吴刚伐木
也笨拙地掘取那些山中宝贝：
黄姜、丹参、田七、益母草、柴胡、山姜、钱胡
五味子、连翘、马红梢、铁皮石斛、金盏花、桔梗
益母草、紫苏、天麻、白芨、苍术和老鸹扇
每一株草木都自带佛心
怀着悲悯　成为医治人间的药
也医治她杯水车薪的贫穷

女孩在山野飞奔，一串笑声惊起一串鸟声
女孩在林间跳跃，和自己嬉戏，像矫健的麋鹿
女孩在树顶喊叫，回声波纹一样一圈圈荡漾开来，
　又打着旋儿叫醒耳朵
女孩在石上酣睡，蚂蚁浩浩荡荡行步如织
青藤爬上衣襟，枝上有花开落
女孩循着狼的脚印，找到一窝嗷嗷待哺的狼崽
她甚至还大着胆子摸了摸那几个小东西带着韧度的茸毛
女孩爬进最深的山洞，和岩上的黑蝙蝠对视整整一个
　下午
听钟乳石的水滴追赶着时间的沙漏　怅然若失
女孩在深冬最冷的大雪独自来到旷野，只为迎接
　凛冽的西风
女孩爬到最高的山顶追赶太阳，直至它如一只火狐
　隐没在深海一样的蓝中

女孩的远方　在不确定的丛林深处
没有伙伴，就和自己玩耍
山如至亲，捧出最丰厚的馈赠
美丽的浆果，羊奶子，八月炸，野樱桃，黑莓，蜜串儿
酸甜的节节草，黄橙橙的苦李子
一片草叶就是一个嘹亮的响哨
一丛蓬花就是一顶漂亮的王冠
蕨芽儿攥紧拳头　从地心冒出来
一掐一个水啊　嫩闪闪
仿佛她贫乏而饥饿的童年
攥着一股倔强　誓要把覆压头顶的石块掀翻

原 谅

原谅岁月，把人心雕琢出纹路
把花朵风干出陈旧
原谅自己，忽而已至中年的一事无成
原谅树叶不在秋天落下，提前在泥土中腐烂
原谅时间被压成一张薄饼
不够呼儿唤妻，不够宴请宾客
不够一晌贪欢，不够敝帚自珍
不够以梦为马，不够枕花而眠
原谅三十而立
原谅三十而立的我们
被泥沙裹挟，无法自证清白

原谅乌鸦不分时候在耳边聒噪
原谅公狗在公园樱桃树下发情
原谅小丑热衷于拙劣的表演和明争暗斗
原谅背叛，原谅谎言，原谅黑夜始终比白天多
原谅人活在这个世上，须得从汗水和痛苦中提炼盐
原谅好人须经九九八十一难才取得一本真经
原谅坏人放下屠刀，就能立地成佛
原谅一个男人在深夜刺穿苍穹的狼嚎

原谅一个女人暮年时回想谎花般一生的忏悔
原谅雪山和荒野的对峙
原谅清明不断的雨水
原谅露从今夜始白
原谅苟且地活着　也原谅悲壮地赴死

怒江边玩耍的孩子

怒江边玩耍的孩子
有着比九头牦牛还野的性子
在藏地海拔四千三百七十米的峡谷
她时常坐在浪涛汹涌的礁石上与凤凰朵那一面悬崖对峙
与水中吞食了万千水葬者尸体有着锋利牙齿的大鱼对峙
与蓝的像漩涡一样的天空对峙
与渗到骨子里洁白的雪山对峙
与掀翻石块，在峭壁上疾走的岩羊对峙
她还喜欢逆着怒江谷底的大风
像一只野兽飞奔

怒江边玩耍的孩子
热衷于在它绳索一样的鸟道上跳皮筋
怒江边细线般的小径呵
一会儿延绵至山岭，一会纵深向谷底
她激越而富于弹性的胸脯
一次次紧贴大地
一次次触摸云端
始终乐此不疲

怒江边玩耍的孩子
有着猴子捞月的好奇心
她曾整夜都坐在江边
看着橙黄的月亮从山巅下来，跌落于滚滚波涛
心惊胆战地想要把它拯救
她也曾亲眼看见闪烁在怒江上的十万朵金色玫瑰
被逐云而去的太阳驮走了
一边大哭，又一边大笑
那因过分激动而颤栗的身子
像被大风和巨浪撕扯的弄潮儿
在生与死的喘息之间
跟山神练习禅坐
跟水神学习凫游

玄 机

活到三十岁
命运使我认识了一条河和一座山

怒江，就在枕下的河谷咆哮
从乖张渐向温顺
从浑黄渐向湛绿
从极地出发，穿过雪山，冰川，荒岭，和横断山脉
它的愤怒，摧枯拉朽
它的温顺，脉脉含情
教我——
像雷霆和闪电一样反抗
像雪山和月亮一样寂静

而那一座山，正是父亲山——秦岭
一条纵贯南北的卧龙
我儿时就生长在它鳞片一样多的山的褶皱里
遗憾却　身在山中不知山
直至去到过黄山、崆峒、青城、峨眉、五台之后
我才明白——
原来，每一座山都是一尊坐地的佛

流浪多年无归处的我
重归秦岭，一眼就看到我的南山
像一位高僧，早已在路口静候
以无字之偈渡我
也用饱满的雨水迎接我
拂去尘埃，心似莲花
三千世界，莫如芥子

自白书

我是迷失在青砖森林里的孩子
我是涉水而来误入芦花的白马
我是深林之中穿梭跳跃的山鬼
我是天山荒漠自由行走的地精
我是裹挟秦岭山气的野生女子

一千面镜子折射出一千个镜像
每一个是我，每一个都不是我

我不属于你们这个时代
这个被铅华和粉金装饰的盛世幻相
我不属于任何一个时代
甚至遥远的诗经，或者上古
再往远走　女娲还没有着手造人

在这个锅里煮过
在那个炉里炼过
不以复仇者的姿态出现
热衷于让罗拉的红头发如火焰燃烧　一次次飞扬
始终是一个战士的形象，区别于圣女贞德

甚至伍尔夫，波伏娃，杜拉斯
甚至露.莎乐美，弗吕达，茨维塔耶娃
不　都不是

这是一个不属于任何人而属于自己的女人
这是一个不属于任何人而属于自己的灵魂

旧时代隐者

我将去往更高的山上
以避开同类的杀戮与争斗
假装落荒而逃，小心藏匿起来
给隔岸观火者，落井下石者，爱嚼舌根者
以落下懦弱与失败的口食
如若他们切实需要这样的虚荣来抬升自己

我将去往更高的山上
连同那些在城市里孤立无援，被削去冠顶的树
那些没少干失德之事
整日活在焦灼，混乱，惶恐当中而过早谢了顶的脑门
对植物有着天生的仇和恨

我将去往更高的山上
到秦岭上去，到贺兰山上去
到天山，祁连，昆仑上去
做回一个旧时代的隐者
逐云岫　拈花黄　悦白鸟
青梅里煮酒　银碗拿来盛雪
关心禾黍，燕麦，紫茄与野鱼
只管江山好　庭院静　岁月无惊

心怀巨石的人

心怀巨石的人　每天一睁开眼
都要把老子温习一遍，孔子温习一遍，把庄子温习
　一遍，再把王夫之，王守仁也温习一遍
把《诗经》温习一遍，把《佛经》温习一遍，也把
　《圣经》温习一遍
把默罕默德、耶和华、苏格拉底、黑格尔、荣格、歌德、
　尼采、萨特温习一遍
也把米开朗琪罗、达芬奇、莫奈、塞尚、梵高、弗吕达、
　萨贺芬、毕加索温习一遍
把拉伯雷、海明威、欧亨利、托尔斯泰、茨威格、
　马尔克斯、陀思妥耶夫斯基温习一遍
也把艾米丽.迪金森、勃朗宁、聂鲁达、惠特曼、普希金、
　阿赫玛托娃、茨维塔耶娃、兰波，也温习一遍
把•德彪西、舒伯特、德里克•肖邦、柴可夫斯基、
　贝多芬、莫扎特、海顿温习一遍
把英格玛•伯格曼、昆汀•塔伦蒂诺、爱宾斯基、库布里克、
　费里尼、希区柯克、北野武、黑泽明温习一遍
再把普罗米修斯、堂吉诃德、克里斯朵夫、浮士德、
　查拉图斯特拉也温习一遍
把大漠的风沙、骆驼、水井、红柳温习一遍，把平原

的麦田、稻穗、玉米温习一遍
最后把老家的土炕，童年放牛的山谷，连同母亲的
菜园温习一遍

心怀巨石的人，只关心人类
唯独想不到他自己
心怀巨石的人，活在自己的理想国中
紧闭门窗　连一粒光都不允许偷窥
然后把文学巨匠和艺术天才们一个个从书中请到他
局促狭小的黑屋子
与他们絮絮叨叨，上天入地，侃侃而谈
有如神助一般，渐渐地，他神采奕奕，目光如炬
思维如闪电，人痴如疯癫　双颊泛动着初恋般的华光

心怀巨石的人，也心怀天下
妄想拯救世界　涤荡一切不平
手执羊皮卷，替宇宙之子发出声音：
让道德审判道德
而不是你们这些长舌妇和伪君子
让法律审判法律
而不是你们这些手握权杖的人
放虎归山
放白马回草原
让生命回到野性的狮子
也回到神性的孩子

心怀巨石的人，负重前行
最终被太阳深处的火焰灼伤
在日出东方之时
以赤血祭赤乌
停止他雄狮般沉郁的呼吸

她

一

坐在山和风的褶皱中
坐在五月的麦田和六点一刻的夕阳里
让太阳为身体　镀一层金
又镀一层银
再镀一层紫　和一层蓝
最后抹一层淡灰的腻子
直至自己和太阳一同消融
坠入夜的深井

西边的星星开始亮了
天狼与狮子各居其位
射手挥动寒光闪闪的刀锋
严阵以待
守护月宫的神女

露珠在草叶上浑圆滚动
雪一样的月光将身体柔软成一棵水草
她把自己裹进被子

裹进被面缀满硕大的缠枝莲中
像一个尚未与母体分离的婴儿
吮吸这子宫般温暖的夜与温柔

二

她的眼睛
习惯收留一只月亮
和一只鱼
她总是把睡眠赶走
用长夜把它们供养在一只盛满清水的钵中
虔诚如同礼佛
不错过任何一页幡动和一字经书

她时常充满困惑地观察它们
她对自己迷糊
不知身之所至　不知今夕何夕
关于一只月亮和一只鱼的玄机　也是勘不透的
她的眼睛里有水色的烟波　蓝色的大雾
白色的帆船　红色的锦鲤
它们蓄势待发　蠢蠢欲动
搅浑水　也碾碎月亮

当然，也有风平浪静的时候
大开窗户　像迎接情人一样把月亮邀接进屋子
安放在盛满清水的钵中

大雪开始融化　无数梅花纷纷下坠
她看到　钵中的月亮和鱼
碰一碰嘴，又摇一摇尾巴
千万朵月亮被浪花捧出晶莹的洁白
千万只鱼被月亮温柔地揽入胸膛
夜凉如水
清甜的月光吻上她莲藕般的脚踝

三

还没合上春的书页
就被风翻了夏日的章节
空气燥热　全然一个迫不及待想寻欢作乐的风流娘儿
四处放荡　孟浪滚滚
往骨子里媚　使劲儿流汗
荷尔蒙蒸腾　散发母猫的腥气

桃花早开过了　迫不及待穿上红嫁衣
杏和枣也坐不住了　不甘示弱地落花结子
所有这些　她都不羡慕
甚或牡丹　甚或一株香气撩人的月季或玫瑰
甚或一棵高大壮硕的白杨树甚或翠竹　甚或松柏

她宁愿是
一枝插在清水中的绿萝
一辈子不开花　也不结果

只有生命的绿
一日日盛大，青翠，丰盈
把多汁的柔媚
袒露给手持闪电和玫瑰的人

四

她拥有蜂巢的身体
蛹一样吹弹可破的雪肤里
充满鲜活的　蜜和流泉
她从来对自己的美后知后觉
在不断地吸引一些蜜蜂、蝴蝶、蜻蜓
也莫名地招徕苍蝇、蚊子、臭虫、天牛之后
她从一面镜子中
认清自己向日葵一样傲然挺立的青春
和握在手里的黄金

她并不打算以青春作赌
用手里的黄金　铺就通往高处的路
她流连　馥郁芳菲的花丛
更青睐　枯枝悬月的静秋
她独自镇守着王国
一夫当关　拒绝招兵买马
用身体里探出的尖锐的刺和箭
捍卫充满蜜的蜂房
随时准备着　以死相抵

独居一室
她是自己的王
也是自己的妃
亦是掌握命运的神

画

之一《我自己的葬礼》（弗里达）

和命运、疾病、男人、爱情
连同这性别的标签　抗争了一辈子
所幸，在与死神约见之前
我还手握玫瑰

这一支玫瑰
不是维拉、兰芭、欧姬芙
乔斯、列夫．托洛斯基　他们中任何一人的赠与
更不属于深夜酒吧弹吉他和跳探戈的人
不　都不是
它由我亲手种下　它的刺
曾使我鲜血淋漓
却不能改　这痴爱的一生

美杜莎和雅典娜　都钟情于我
她们累世的恩怨　需要在上帝那儿清算
这副残破的皮囊　不过是她们争斗的战场
我仅仅是收拾残局的人

穷尽一生
在废墟和碎片中
找到自己的玫瑰

之二《蒙娜丽莎的微笑》（达芬奇）

凫在大海与泡沫之上的蓝鲸
钻石一样的星星
晨露与云彩　夜色和玫瑰
一滴水里的汪洋
有着美好胴体的女人
被咸腥的浪花和明晃晃的日光漂洗过的红裙
旋转的舞池　倾覆的高脚杯
松软的派和香甜的草莓汁
有着猎人与猎物双重身份的英国绅士
琉璃缸里冷寂的半支香烟
同样微醺几欲蒸腾的体内荷尔蒙
它们在天才魔术师手中　一一复活

一个女人的微笑里
藏着火焰，藏着刀，藏着戟
藏着千军万马
藏着雷电霹雳
藏着清明的雨水　孟夏的长风
白露的秋霜　和立冬的大雪
也藏着时间几百年都勘不破的命运和玄机

之三 《星空》（梵高）

熊熊燃烧的蓝色火焰
把天空，大地，云彩，故乡
收割后的麦茬，金色的草垛，雨天的紫花地丁
疼痛幻听的耳朵　四处漏风的墙
以最热烈的恋人的方式
深情地吻一次，再吻一次

这惆怅而苍凉的人间
你曾深爱过沉沦过　又被时间销蚀的人和事
都不再使你留恋
肉身，是多余的累赘
它们被灵魂的大风卷起
向上向上　直抵星空和瀚海

悬空的钝刀　凌迟着向日葵滴血的头颅
盘旋的山鹰　闪电的猎豹
大漠和孤烟　野花和石头
飞翔和翅膀　水流和漩涡
留这最后一口气　放虎归山
放白鹿隐山林　放野马回草原

你这被太阳灼伤的孩子啊
我要藏好你的彩虹、麦芒、和画笔
不让它们化为刀戟

剜绞那些触目的旧伤
留待夜幕升起
在灯下　做回一双吃土豆的人

之四　《戴珍珠耳环的少女》

你是白色的珍珠
我是用多盐的泪水把沙子摩挲成珍珠的蚌

每一颗玳瑁里，都有一个镜像
每一个镜像都有一万只蝴蝶在飞

千江水有千江月
每一朵月亮都是你清甜的笑涡

黑暗的阴影投向你
我在每一缕光中　诞生

岁月洗不白的画布上
有你悉心准备的一场极尽豪奢的盛宴

偷一盏岁月的空杯
注满你昨夜的深情　留待一生啜饮

第二辑

人间草木

碑

白鹿涉过山林
月光如银流泻
心怀美玉的人走了
小丑开始咿呀唱戏
是时候把石头
安放于秦岭
在灵兽和山神出没的地方
为君子
立一座无字的碑

小 小

君赠我以青草，溪水
羊群和山花曳曳
我反刍以紫藤，篱墙，葡萄，竹庐
明月和长风
固守着良田三亩，半阕词赋，九条闪电，和十万星宿
淌过爱和生死之河流
我们
在杯水里观澜
在一张白纸上
对饮时光
写岁月　无字之书

酬　谢

用清风酬谢明月
用蘑菇酬谢雨水
用麦香酬谢太阳
用木耳酬谢腐树
用果实酬谢花朵
用炊烟酬谢母亲
用庄稼酬谢大地
用燃烧酬谢生命
用我世间的全部
酬谢你给予的雷霆和闪电

怒 江

我的胸臆里栖居着一条怒江
我的眼睛里奔腾着一条怒江
我的耳朵里喧嚣着一条怒江
我的嘴巴里吞吐出一条怒江

我——
躺着是滚滚江流
站着是天河飞瀑
行走是云龙贯日
奔跑是十万闪电

画

一把星星
溅落在窗台镶嵌的画框
仰望星空的人
免不了被星星灼伤眼睛

与一条大河对弈
白月光可以下酒

低

我愿意
一低再低
低到清明的一滴雨水
把身体里的黑掏干净
低到地心的一块乌煤
把身体里的火掏干净
低到蓝湖的千尺玄冰
把身体里的雪掏干净

那些低下去的
譬如——
被冰雹压伤的苹果
打入泥淖的莲子
被闪电劈开的树
稻谷丰满的穗子
或以一种古老的方式秘密崛起
或如一片云朵轻盈　越飞越高
和日月星辰
坐在一起

小　满

花不必多
三两枝足矣抚慰春风
百川汇流　大河上下
取一瓢我饮
云朵在千山之上滚着雪球
我在一钵清水
收集它的影子

日　子

江山白
一树红
梅在雪的禅院里静修
我倒退回一座小小柴庐
安心做起良妇
煮好了滚烫的茶汤
等你披挂一身凛冽的风雨，进门

日子是
只管把花开好
鹤可缓缓归矣

而立之年

岁月忽已晚
倏尔　惊觉月光的寒意
白马过隙之间
我们被抛至荒野
或者弃之水流

时间是射出去的箭镞
三十岁　一个门槛
人生过半　精力减半
梦想瘦成了硌疼我们的沙砾
却是生命不能缺少的盐

三十岁　面临着
把星光扎成花束
把痛苦磨成珍珠
或者——
把自己落为尘埃

生在六月

生在六月
太阳离人最近
身体便也灌注着太阳的血
那是一种有着大海蓝、向日葵金和虞美人红的物质

生在六月
生命是匠人钳下的玄铁
被淬上了六月之火
在呼啸的烈焰里　经受住千锤百打
最后锻成一块好钢

生在六月
注定会被麦子的锋芒刺伤
肩挑两座大山　和时间赛跑
雨水给伤口抹上六月之盐
等它自己风干，结疤，愈合

生在六月
甘霖向下　大河向下
星空向下　闪电向下

流云向上　飞鹰向上
草木向上　群峰向上
向下与向上
是贯穿六月之子的黑匣子

隐　者

被盗走的火种
我身体里的神祇和光
汹涌的地下暗河　代替了溪水欢快的流淌
夏蝉在林间聒噪　鸠占着鹊巢
黑蝙蝠扑棱着翅膀飞过檐下　在暗中嘶哑哀嚎

面对文字的枝枝蔓蔓
我是手握利刃的樵夫
把辛苦种下的树林
砍伐一空　自此安心做一个隐者

等它自生自灭
等它长出新苗
若是连一棵小树都长不出
那就开垦成一片庄稼
撒上玉米，大豆，小麦，和棉花的种子
在玉米怀孕之前，大豆圆荚之前
在麦子灌浆之前，棉花结子之前
把自己活成哑巴

赠

我被太阳和火熬干的沙漠之眼
在你漫漫水色的烟波里搁浅
你这大海、阳光、沙滩、白帆、游鱼、细沙和椰子树啊
千江水有千江月
我只摘一朵大漠的月亮给你
那被长河落日染红的玫瑰
让绝地的昆仑、祁连高高擎起　赠与你
哦，满天星织就的那件比蚕丝还要轻还要闪的蓝纱裙
也赠与你
若你不弃
被山野之风磨砺的我
也赠与你

光

在山谷里捡拾星光的孩子
不必像夸父逐日那样驽马狂奔
只小院静坐
周身就会被星光布满
不必说远处的犬吠和狼嗥
不必说蝉鸣和蝈蝈的吟唱
水塘那一面镜子里
盛满月的阴晴圆缺
盛满天狼、北斗、狮子、射手、大小熊星座，和天琴
萤火虫是长着翅膀的星星
从天上下来
在它身后
是一束上帝之光

无　题

世界是一眼孤独的深井　人如蝼蚁
泅渡在自己的黑漩涡和暗物质
寻找出口　寻找光
寻找彼岸的生命之舟

昨日的雨水　漫过小溪
漫过布满苔藓的腐朽的老橡树
在蠹虫和蚂蚁的会议中心
长出幻听风声的木耳

生死　从来惊心动魄
波澜　要从内部看清

洗　尘

蒸笼一样的天气
人是锅炉上的蚂蚁
来一场雨多好
清水洗尘
洗出蓝天空和白云朵
紫云英和青草地
也洗出那遮蔽于时光深处的
绿阴凉
黄金狮和红落日

殇

活在当世
最难容下的　是一个人灵魂深处的洁癖

纯种的马越来越少，杂交的骡子越来越多
鹿被集体骟割，骈于槽枥，等待命运麻木不仁的宣判：
明码标价分割成鹿肉，鹿血，鹿茸，鹿角……
岩羊回到最险的山上
雪狼遁入更深的罕境
藏獒丢失整片草原，卧在后院守着一座假山花园唱
　空城计

每一个游荡在黑夜里的幽灵都在纵火烧杀
每一颗寄居在雪地里的魂魄都在齐声喊痛

镜 像

黑夜垂下一枚幽兰的果实
花朵被自己的羞涩打开
月光像少女如雪的胴体
款款从云端下来
浪花亲吻浪花的脚踝
叶子摩挲叶子的裙摆
虫鸣和蛙唱合声
胡桃树随风轻飏
《诗经》正翻到《蒹葭》
已而风荷影动　沉香袅袅
恍惚此身　栖在梦境

葬花吟

天鹅逐水而居
白云从远方来
你经过海棠花的那一声叹息
那样轻
像滴落在叶尖上的一颗露珠
你的眼睛满含比青酒更涩的凄楚
帘卷西风　花褪残红
空楼燕子　霜白濒洲
是一个女人哀尽一生的史诗

沁园·春雪

白鹤飞走了
枝梢上的红梅簌簌飘落
那蛟龙一样狂舞的闪电啊
曾贯穿穹宇　也贯穿深渊中的你我
闪电所席卷的狂澜
和我们为驱赶恐惧近乎窒息的拥抱一样
都带着战栗的欢乐

一场乱真的幻境
一场清晰的幻觉
梦一样忘了吧
然后在另一个轮回
另一场梦境里
再重逢　如初见

奔腾在身体里的一条河流

怒江，奔腾在身体里的一条河流
驱赶着十万头愤怒和咆哮的狮子
紧贴着大地奔跑的孩子
受伤的灵兽

是它澎湃的激情征服了我
还是我以同样的野性确认了它
殊途同归
我们在几万年后的一个村庄相遇

头顶夕阳　盘坐石上
与一条大河的对话
注定充满漩涡和危险
敢于破坏　敢于虎口拔毛
也敢于把利刃对准身体的腐肉开刀

借我熊心
借我豹胆
借我一生时间
去认领一条走失在高原的河流

泥石流

雨，没完没了地下着
山洪裹挟着滚石
哭喊着投奔怒江

雨把我的心下空了
空出来的地方
又被你泥流一样瞬间填满

偷盗者

一个模糊了姓名，年龄，长相
被灵魂反复确认，漂洗，和再造的人
一个像猴面包树霸占一颗星球的人
一个盗走你的灵魂
只剩下躯壳的人

你只知道
这肉身是空的
心是空的　唯有他
能治愈你天地间的空旷
和生命覆压千年的白雪

想念一个人

一杯红酒　反复咂摸
慢慢品　慢慢让他的气息布满周身
一如午后暖煦的阳光　布满窗台上的风信子
猫在檐下慵懒
栀子花开正浓
要是你在　我们坐藤椅上打个盹
时钟就走到黄昏日暮时候

挥一袖云
裁成云裳
在我驰向你的沿途
雪山化成溪水
草色开始返青
十万匹牛羊从圈中出来
格桑梅朵如海蔓延

泡 沫

当我们反复被誓言、蜜糖、砒霜
背叛、疾病、痛苦、别离　连同生活这把钝刀
一遍遍琢磨
爱变得越来越难启齿　也越来越难开始
仿佛成了消隐在《山海经》里的上古神兽
越来越难觅踪迹

一杯杯满上的啤酒泡沫
一场场聚会上口水乱飞
廉价饭馆的烛光晚餐
洗头房里的无爱不欢
与至亲人相仇相杀
与陌生人相亲相爱
周遭城池被欲望疯长的蒺藜层层围剿

到后来　这一切又使我们厌弃
如同我们被垃圾食品与胡吃海喝落下的胃疾
它们打败年轻　有恃无恐
开始从内部进攻
而爱情
更像是一场痛风
牵一发而动全身

远　方

所有我们风尘仆仆决然奔赴的远方
终有一天　都会被我们厌倦和抛弃
所有我们抵达的一个个远方
都有更远的远方在远处召唤

对远方蠢蠢欲动的人
是敢于冒犯上帝的人
夸父逐日　你永远无法停下
只能奔赴一个又一个远方

直至生命枯萎　肉身倒下

时间的刀

站在窗前　昨日之杯盛满今日之水
花园里开过的玫瑰
正在枝头枯萎和腐败
青藤绿过的围墙
在雨和风的摧欺下
只有血管一样的枯枝盘桓着
窗帘也旧了　白色的蕾丝染了一层淡黄
张扬的裙摆　早已收进衣橱的底部
旧照片映照出　她的笑涡
像月光一样清甜

时间的刀
一遍遍改造着木头、钢铁、玻璃、石头……
遗弃着，腐烂着，毁灭着　也创造着
时间的刀
同样镌刻着人的面容、手臂、眼睛、和心灵……
衰老着，折叠着，消融着　也升华着
我们在镜中认不出自己
一层又一层灰迹　成为皮肤和皱纹
让行走在尘世中的我们　与自己形同陌路

大风吹

大风吹
吹疼怒江的波涛
也鼓动怒江上空飞扬的经幡
大风吹
吹疼麻木的脚趾
吹醒啾虫夏夜的吟唱
大风吹
吹疼老鹰悬崖上摇摇欲坠的巢穴
吹开深埋在时间和砂砾中的黄金
在距离故乡四万七千里的藏东红山脉
在凤凰朵下的一棵沙棘旁
大风将漂自上游的尸体
吹得只剩一副森森白骨

大风吹
让灵魂更重　身体更轻

怒江之夜

牦牛驮着一只浑圆的太阳
沉入远山的轮廓
夜幕如帏　星星开始掌灯
怒江敛起它的暴戾
温顺成一条青绿丝绸

在水边掬一捧水
在水边舀一枚月
一只鱼从上游下来
吐出一串珍珠　恰恰泊入掌心

风乍起
不如归去
好披上星子和云朵织就的夜行衣

故　乡

别后的故乡是一枚槟榔
生涩　微苦　后味清甜
适合一个人在有风的夜晚
就着青酒
一口一口把它吞咽下去
让心形果实在心底盖一枚印章
然后甘愿被月亮的弯钩垂钓
悬在半空
瞥一眼　故园的山水
瞥一眼　睡梦中的娘亲

北国之春

四月天空的裂锦之声
是一只燕子用尾巴剪开的
同样被剪开的　还有
荡漾的春风　眉弯的新月
染绿的山峦　膏润的大地
闪电弥合的伤口
身体里的火　红狐　和我
雪一样盛放的琼花
和花中的蕊

麦　子

一粒缄口不言的麦子
躲开石磨的碾压
拒绝用粉身碎骨自证清白

给我以雪，裹我以泥
摧我以风刀霜剑严相逼
伏蛰的生命，在数九的隆冬返青复明

给我以三千吨雷
给我以开镰的刀
然后把自己在太阳的炼丹炉里，淬成金黄

身体的粮食　供养你
空了的皮囊　留给火

放　牧

独坐在高原之巅
适合放牧群山和飞鸟
当然，我更乐意放牧白云
看它们羊群一样
滚过坡地，涉过河流
最后与毡房里升起的一缕炊烟汇合

雪山起于汹涌地火
雨水起于青萍之末
从涓滴到滔滔大河
中间只隔着一条浅浅溪流
是的　溪流
看，它们多像在青青草原上打滚的野孩子
开出一朵朵浪花的喧响
奔向无极的远方　去朝拜众神

拿 回

拿回你抹了蜜的舌头绽放的一千朵谎花
每一片叶脉上，都有欲望的水滴在蠢蠢颤动
花心的细蕊　更像是贪吃蛇吐出的长信子
这样的花，就算开一万朵
也招徕不来一只蜜蜂
更结不出一颗深秋的果实

拿回你假意或真心的托付
流水涤荡我明月的眼睛
以抵达星光都到不了的暗处
那沉郁的一潭黑影
分明　不是泉流
是漩涡

空

田野里的野草莓
新鲜，饱满，像欲望的红唇
夜晚的郁金香低垂
需要以向日葵站立的姿态托起

我颤动的花枝，你久不来采撷
只能在深浅韶光里
褪色，枯萎，寂灭
空花结一树空果

树的哲学

触摸闪电，弥合天地间的裂缝
像蚯蚓一样，抵达岩浆和地火
一边摸索地底的矿脉
一边寻找太阳的真理

浣花溪

客居蜀地
在一条唐朝的流水里洗砚
墨色染香　有蜻蜓点水
一瓣桃花　如一叶小舟
恰恰泊落布满命运玄机的掌心
猛抬头　哦
桃花坞上桃花庵
几千棵桃花齐声呐喊

一只黄鹂的啾声
比十万落红惊心

一千二百年前
在流花的水边濯洗红兜绿衫的美人
只留下一方莺飞草长的青冢
爱恨情仇　都被小心地掖进时间的褶皱
枝上的梧桐　栖着别家的凤凰
篆字的细笔　又落入谁的书房
石榴裙，花雕酒　女儿的清白之身
被尘世捣为草浆　又落为宣纸

最后束成小札
盛放一阕阕清丽词章
和红烛对泪眼洇开的心花朵朵

承　受

活着　就必须承受
像烙铁承受火舌的舔舐和重锤的锻造
像怀孕的玉米承受闪电和风雷的疾摧
像山峦扛起太阳
像大地承受雨水
有清泉可啜饮
白月光以疗伤
时间熨平生命里大大小小的波澜
一马平川的领地
适合做梦　适合放牧
适合在一钵清水里　垂钓天光云影

无字书

安抚亚马逊河一只蝴蝶的翅膀
以平息太平洋一场飓风的狂澜

只有将灵魂的竹节打通
才能找到贯穿一生的汹涌江流

另一个自己

月亮在左
影子在右
我与另一个自己
从肉身分离
从脚底重合

一边青草
一边故乡
掌灯回家的路上
迷雾吞下整片森林
就从一块石头里凿取星光

古 器

那是一件来自远古的器物
在黑暗的地宫
小心保持着自己的完璧之身
生命的凉　将细腻的彩釉镀满黄金

于古墓坐禅
把旷古的时间当成一座寺院
将自己落成一瓣莲花
狂妄的人啊　谁也休想霸占
几千年前，它从泥胚里悟出的玉碎瓦全

小　令

一场干净的雨
如约而至
点点滴滴
在芭蕉宽大的绿裙上飞溅朵朵珍珠
莹莹的珠儿滚落
洇湿一颗多愁的草木之心

燕子从檐下斜斜飞过时
接住的那一声叹息
是来自遥远的《诗经》
还是来自
寂静篱墙边
那一瓣翩跹而落的海棠

无　字

他坐在群狮中间
手中的鹰笛发出沉重的呼啸
白雪覆盖的山尖
是灵魂高出的部分

一缕又一缕风
梳理着狮群的金鬃毛
黄昏拉长他的影子
孤独像太阳　在树冠燃起大火

月光花朵

那些开在月光下的花朵
与那些暗夜里闪闪的星辰
它们之间　一定有着某种上帝都堪不破的密语
譬如木兰　清丽绝尘地独活
开出雪和玉脂的白

仿佛前世早已有约
星星和花朵
义无反顾地穿透重重天幕
两种纯粹的白　遥相辉映
一遍遍吻合　不死不休
仿佛离别
仿佛初见

人间草木

从一颗莲子出发
最后又回到一株莲蓬
人间草木的一生
白云苍狗　仿佛须臾
仿佛一个女人多情的一生

从春风十里
到花开半夏
到其黄而陨
到寒塘沉影
到破冰萌动
向死而生　生生不息

栀　子

爱　是一枝安静的栀子
在荡漾的春风里修禅打坐
花房灌满了蜜的琼瑶
那芬芳的细蕊　颤颤如无声的吟哦
在夜行衣上　绣出一朵朵洁白
为生命的绚烂静美
为着盛开
也为凋落

风　暴

你的沉默　是一方深潭
任凭风怎样吼叫，雷怎样嚣张，都不能使你起半点涟漪
偏偏悦纳鱼的放纵，虾的嬉戏，水风车的游弋
同时也盛放石头，砂砾，海藻　和墨绿的漩涡
连同花的摇曳　船的摆动　云的衣裳　树的阴影

你的沉默里
藏着火　汹涌的岩浆地火
和雪下的冻土一样
都有无数粒草籽
齐声迸发出命运的尖叫

白雪纷纷落下　麻雀四散开来
荒野深处　一口废弃的井
阳光抵达不了　云层只投下阴影
被艾草和紫花地丁占领的春天　也已走远
季节迫不及待要来一场清算

你的沉默　更像是
一匹在铁笼里横冲直撞，伤痕累累之后安静下来的狮子

寻找光　寻找出路
并随时准备
以身相抵　以死反击

美 好

香樟树摇曳着碧绿的琼枝
散发阵阵香气
三角梅在怒放中落花结子
孔雀展开它美丽的羽毛吸引情人
麦子的芬芳
一波赶着一波　在田野的金色海浪里荡啊荡

白马自有它的草原
云朵自有它的故乡
流水自有它的去处
雪山自有它的安居
我路的尽头通往你

你的吻　湿又轻
像蝴蝶　泊落在花心

失语者

这个世界最孤独的人
对着月亮下自己的影子喃喃自语

秦岭那一座山

压在胸膛上的　秦岭
是父亲一样沉重的一座山
十年生死两茫茫　十年了
埋葬父亲的那个土堆渐渐被荒草掩盖
一点点与大地弥合

秦岭那一座山
那一座不断向上生长和拔高的山
连同父亲投下的阴影
正一点点地高过昆仑，高过祁连，高过珠峰十二座
最后　站成我心中的神

三月是个美人

湿漉漉甜丝丝的细雨
孵化出一个
水灵灵嫩生生的三月
轻柔柔的风
滚过绿油油的野草地
香艳艳桃花
往骨子里放浪形骸

三月是个美人
柔情似水　顾盼流转
一朵朵绯红的心事
开满灼灼其华的枝头
风吹皱春夜
窗边开出一朵月亮
静谧的花丛流传出甜腻的情话

渴　望

我渴望是木炭
一次把自己燃尽　连灰都不剩
而不是湿柴
忍受在烟熏火燎中被光阴凌迟
每一分，每一秒
都用尽力气去爱，去拥抱
咬牙切齿去战斗，去抗争

施粉黛
我是我自己的新娘
贴花黄
我叫我一声官人
良辰美景奈何天
忽就红退绿阑珊
而美，如烟花
把生命完全打开　才凋谢

漩　涡

种子冲破巨石
云朵托起大鸟
雨滴载动远帆
麦子把锋芒刺向天空
向日葵仰起硕大无朋的头颅
等待悬空的达摩克利斯之剑
郁金香，忧郁的紫，或者明丽的金盏花
连同铺满河岸的那一排冬青
恰如一个个严阵以待的战士

植物的反抗，从来都默不作声
静静地开花，默默地孕育，悄悄地结果
犹同喷涌的岩浆地火
在你看不到的地方
以排山倒海的方式呈现
他们说：
生活是最大的漩涡
何须去远渡彼洋的恒河流沙

第三辑

月亮玫瑰

我应该

我应该离那些热闹，浮躁，喧哗
远一些　再远一些
它们就像毒瘤，细菌　脏器里的结节
某个使我恐慌和不安的敌人
我要把它们抵制在
身体　和灵魂之外

我应该再沉默一些
像山的沉默　石头的沉默
悬崖上接云吞雾的老松的沉默
像海的沉默　珊瑚礁的沉默
灯塔的沉默　海盐与海葵花的沉默
沉默地　积攒我的火山
好在某一刻绽放烈焰

我应该悄悄地走远　再远一些
在你目所不能及的地方
却又无处不在　像慈爱的佛光
将你　婴儿般柔柔萦怀
不过分用力　甚至比一个吻还要轻

在你的身上种下蛊
你的欢乐　你独享
你的悲苦　我承担

我应该　把自己
架在疙瘩火和铁瓦罐上
再填一把干柴
让火光更大些　让火焰更猛些
熬吧　熬吧　把我熬干
熬成一根肋骨
或者一抔黄土
肋骨是你身上缺的那块
黄土塑成你心中缪斯模样

梅花烙

万物沉睡
我流转的眼睛是深秋的葡萄
等待你的温柔采摘
一盏夜光杯
二两青梅酒
邀明月对饮成三
风啊，莫欺我道
让黑夜沉于千江
让月亮浮光跃金
你倚窗槛，我倚你怀
看一朵昙花开
看一朵昙花落
分秒流逝中
红烛燃尽“念去去”的絮絮诉说

你是汹涌水流
瞬间倾覆我的江山河谷
我以溺泅者的姿势箍紧你
天空有星星掌灯
欲望在原上升起篝火

忘记羞耻，忘记上帝的忠告
放虎归山　释放身体里的那只小兽
每一个滚烫的吻啊　都是一记梅花烙
不惧光，不惧上帝
不惧黎明时分的道德审判
管它人间地狱　管它生死
管它缘深缘浅，前世今世
这一刻　只做你的小妖
把自己打成一枚温柔的铆钉
楔作你身体里那一根隐隐作痛的肋骨

夜　莺

群山如鹿　奔驰在银盘和丹桂的月下
在悬崖黑魁魁的尖石上　独脚站立的猫头鹰眼如铜铃
一些虫子吮吸铁线蕨多汁的颈部　像粘在少女脖子
　上的小小黑痣
花斑豹迈着雍容的阵脚　举步山林
在他身后　一棵棵火棘、鸢尾、紫苏、九月菊应声伐倒
兔和麝的美梦　同时被惊醒
于莽莽林中　上演一场夺命惊魂

夜幕如帷　裹紧被闪电击中的身体
乳峰甜蜜　裸露在布满星辰的原野
他的呢喃如树
开满繁花　长满星星一样密的叶子
树冠被大风举起
连同树冠上筑起的精巧巢穴
连同她的花朵　草原和树荫

被你抱住的　不是娇羞的白莲
而是一团火　一树烧着的红梅
被你爱抚的　不是弱柳扶风的黛玉

而是连天露营打马夜奔的红拂女
你和她　掠过山丘和谷底
向更深处，向无极处　攫取地矿和宝藏

直至东方渐白　大河将息
你如一个沙场归来的战士　沉沉睡去
她环抱你的姿势是青藤
花明柳暗
夜莺停止了它　泣血的歌唱

白　马

饮千杯烈酒
泼十万桃花
直至自己将淬炼成火
或者驯成白马
我才敢去见你
或者　邀你来

心是缠枝的莲朵
狂奔在干柴烈火的大地
你饮下酒
或者饮下我　连同这怀春的三月
桃之夭夭
或者　逃之夭夭

桃花雪

站在那花枝下的　是牵马的公子
彬彬文质　白衣胜雪
他来时　静悄悄，轻的如一个湿湿的吻
轻的如蹁跹的蝴蝶
泊落在露珠晶莹的草叶尖上

她的脸颊坨红　衣衫薄似蝉翼
美人如玉　青涩含羞
粉白纤细的样子　楚楚
小桃红唇　凝脂美肌
怎不让麋鹿和春天　同时方寸大乱

三月的最后一场雪
是英雄末路的悲壮
是败走乌江
力拔山兮气盖世的楚霸王
而那桃花
是自诗经中款款走出的　水色女子

爱如锋芒

怕把你揉碎　怎么不把你揉碎
给你　全都给你
让城池崩塌去吧
让山河破碎去吧
将这最后的体温　蜜糖和哀伤
连同绝望与呼啸　全部向你倾覆和灌注
直至把自己掏空
直至把自己化成行走的尸体
跌向大地　把血流干

夜的红狐穿过焚烧着鬼火和鳞光的坟园
向山涧和湖泊的纵深处
奔赴一场死神之约
拿生死作赌　是宿命早已安排好的天机
赢一场战役　赢一朝遇见
落花三千成冢
落雪十万流殇

怒江边的呢喃

我不曾涉水去看你
也不曾让你知道我
多少次日出被群山举起
多少次日落被牦牛驮去
怒江是一条被剥去筋骨的谪龙
无法飞升九霄
只能把满腔的悲怆化为震天嘶吼

我无法说出我爱你
多么爱你
风不坐禅，水齐腰身
失语的人鱼，逆江而上
见证一场泡沫，也见证一场粉碎
没有人知道我来过
没有人知道
我爱你

大海的渴

在梦中　我被你施了魔法
我梦见　大海
我梦见　天空有十个太阳

我梦见　我是大海
是你把我　变成了大海
干涸的　口渴的
要冒烟的　大海

没有鸥鸟振翅
没有白帆升起
没有蓝鲸和大鱼跃出水面
没有灯塔　没有渔船
没有海葵花和蓝珊瑚
只有苦和咸的
不断蒸腾，浓缩成颗粒的白花花的盐

渴！渴！渴！
热辣辣　干裂裂
焚烧着烈酒和干柴的渴

抵达尖刀　直插心脏
把血流干的　生命的渴

渴！渴！渴！
十个太阳的渴
不断吞噬海盐
和被海盐吞噬的——
大海的渴

我必须
饮下长江，饮下黄河，饮下西湖
饮下洞庭，饮下整座青海
我必须
饮下恒河，刚果，饮下亚马逊，叶尼塞
饮下伏尔加，莱茵，饮下密西西比，和太平洋
我必须饮下
这个地球所有的水源
还要借天上的河

笑……
还笑……
又……笑……
你这和盗火天神普罗米修斯一样酿下大祸的　机灵鬼
我的海水　就是在你水花四溅的笑声里
一次次被　抽空和填满

笑……

还笑……

再……笑……

你这爱也不是恨也不是恼也不是的　鬼机灵

就这样轻易地　把我

变成无限的虚空

和虚空的全部

远 行

天空，被一场饱足的雨水洗过
斜阳漫道　我走上一条小径
脚底被麦芒轻刺着，如同恋人激烈的拥吻
小草起伏摇曳，柔软的像一场欢爱
清凉透入肌理，缱绻似春风

晚霞染红山峦，河流，以及村庄
也把一片橘黄的光晕在了你脸庞
我不出声　也停止思想
只静静地看你　看你孩子气的任性
看你傻傻的憨笑　看你不经意的蹙眉
我不走近　也不舍弃
沉默　如同那口常年打捞的深井
暗流涌动

夜的碗扣下来
大地渐渐安息
只有澎湃的激情在灵魂升起
带着你的梦呓　你的气息
跟随命运的跫音——

我还将走远　走的很远　很远
远的像一个波西米亚女人

哦——
再见吧　我的你
我只带走影子　而灵魂
永远与你相依

锻 造

我是凤凰，而你是燃烧我的烈火
我眼底的忧郁
是三千弱水只取一瓢的深蓝
十万域江水沉淀出的蓝
忧郁而狂热的大海　在漩涡和风暴的中心舞蹈

贝壳里的海啸
沙砾里的珍珠
树枝上的闪电
玫瑰花，与生俱来有十二只翅膀
随时准备蹁跹，也随时跃下枝头赴死
越过层层迷雾和谎言
生命像被谷雨拂拭过的稻子　坦荡而干净

九万里云朵衣裳
你的眼睛盛满比露水更甜的蜜意
我是逐你而来的白鸟
冯虚御风
飞向　神居的太阳的宫殿

对　峙

一整天，都有一团火在眼睛里燃烧
哔啵着焚心的焦灼
一整天，都有一树红梅，热烈激荡，风情曳曳
那个火一样，红梅一样的女人哪
烈焰朱唇，舞鞋旋转，连同裙摆带起的风
都分明是要往火里再添一把干柴

你的沉静如海
像一位久经考验的船长
竖起白帆的肃静
等待飓风从内部颠覆
摧枯拉朽　折戟沉舟
浪花旋起泡沫　如鸥鸟四散

灵魂的契约

一个灵魂　分散在
两个不同性别的形体之中
一个在黄河的支流上
一个在长江的支流上
他们的行程无人能知
他们的终点无人能知
他们在比云雾还远的地方
他们在比大海还深的地方
他们在宇宙之极
他们在飓风之眼
他们在闪电中心的相遇
是上帝都勘不破的天机

是子宫诞生了我
是宇宙诞生了我们
是你改造了我
是闪电改造了我们
是那匹啸月而嘶的野马
和遗世孤绝的狼王
在草原和高原的深处　引颈长嗥

带领我们在两条大河上飞奔
像两道闪电一样飞奔
像闪电一样
奔向那闪电一样撕裂天地的
致命的撕裂　升腾
以及永生的爱与沉沦

闪　电

刀锋一样的闪电
让黑夜瞬间白昼
耀眼的亮光
劈开云杉的树冠　刺穿窗棂
直逼我卧榻被面上的缠枝莲朵

不由自控地深陷　一个人的泥淖
在这个不眠的雷鸣之夜
想起你　想起我们
像两条雌雄白龙
在穹宇之上　布下的十万闪电

今夜这闪电
划破黑夜的白肚腩
亦把我的一颗赤子之心　捧出给你
哦，这一切　莫不是你刻意的安排
是你借闪电　来我身边探看

恍惚，这正是我曾遭遇的
——你的闪电啊

自天灵盖起
贯穿灵魂——
并深深扎下了根
一日日盛大，丰盈，枝杈纵横，铺天盖地

它们就像我身体里的
千万条血管
灌注生命的每一个神经末梢
那闪电带给我的太阳和地火
每一天都熊熊往灰烬里燃烧

向日葵

把向日葵的爱给你
把太阳的金色给你
把太阳的温度给你
把太阳的火种给你
把一个人的视觉，味觉，听觉，嗅觉，幻觉
和一生的吻　给你，都给你

如此战栗的　闪电与风暴的交融
如此澎湃的　海水与浪花的绝响
如此美幻的　刀尖与火焰的舞蹈

蓝的海风，欸乃着　如母亲哼唱的夜曲
蓝的月光，脉脉着　如情人水色的眼波

兽

那只撕咬过你，也焦灼过我
的兽哪儿去了
火呢　干柴呢
是谁先于谁进入衰老

瞧，院子里那只上了年纪的忠犬
仿佛已生无可恋
不在春天发情　也不在半夜狂吠
卧在那儿　像一摊烂肉
连苍蝇在脸上嘤嘤嗡嗡　都懒得动一动爪子

我们躺在黑夜里
在无边的寂静中
想起那头被我们驯养，又沉睡不醒的兽
重温它旧时的沉吟与低吼
像咀嚼一个失去水分的苹果

一床被子
黄土一样覆盖你我
荒芜的身体里没有水波

没有光
也没有磷火

绿

推开门
就看见了——绿
云朵的绿
垂柳的绿
桃花的绿
李树的绿
木兰的绿
海棠的绿
艾草的绿
青苔的绿
池塘的绿
苦楝的绿
燕子和春水的绿

探出身
就染上了——绿
泥土的绿
露水的绿
碧萝的绿
文竹的绿

蝴蝶兰的绿
袖云的绿
绢丝的绿
少女的绿
波心的绿
……

三月
深深
水蛇从冬眠醒来
大地结着它的香
草莓酿着它的蜜
春天里的爱情
也以九万里冯虚御风的速度
长成一树——
参天的绿

和我做一条鱼吧

时间和玫瑰
所有聂鲁达的情诗
星子一样密一样亮的璀璨
都不及我　收集香草、玉树、忍冬
雨水、草叶、闪电，和少女洁白的爱
为你编织的桂冠

哦，亲爱
来　一起　双手合十
请爱神加冕
让丘比特之箭
穿过你的热血
也刺入我的胸膛
让这洪水一样的殷红
将身体和大坝打开

和我做一条鱼吧
不去周庄的梦里打扰蝴蝶
也不去跃那龙门
结着伴儿

穿过油油的水草和沉船
在海葵花和珊瑚林里
种几行青荇
让童话和诗经
重新长出爱情

远方的情书

想给远方
寄一封情书
以吻为礼
不着落款
不书姓名
只想放一盏莲灯
让它随流水漂去
泊向有你的远方
守着一隅天空　看夜晚的星星亮了
纯白色的物语　就洒在那片栀子花上

想给远方
寄一封情书
以吻为契
既不煽情
也不说爱
唯请云中的青鸟
捎去这一腔脉脉女儿心思
闪烁的烛影里　我看到了你，你读懂了我
仿佛我们　面对面促膝而谈

想给远方
寄一封情书
以吻葬时光
不染墨痕
不点留白
且将别后这一行一行的想和念
种成花　长成树
又结成更多的果实
一颗颗数着　一颗颗留着
那些红豆　等你与我
一同熬成岁月中的烟火稀薄

想给远方
寄一封情书
以吻封缄
不言痴怨
不诉离殇
分分明明的
两颗心　天涯咫尺
清清浅浅的
爱恒久　相思如月

仿　佛

雪白白地飘了一层又一层
天和地　仿佛一个硕大无朋的礼堂
她和他在雪中肩并肩　走着
轻轻地　缓缓地　踩出蜗牛的步调
她和他　谁也没有说话　都被犹豫而说不清的东西
　纠缠着反复着……
生怕说破　欲言欲止
心拧的都开始疼了
雪地上——
一串洁白的脚印
在她和他身后　拖出一条长长的尾巴

雪　灵性的雪
雪　晶莹的雪
飘在她和他的发梢上
飘在她和他的肩膀上
飘在她和他衣服的每一个褶子上
雪花绽放的礼花
让一切庄严而圣洁
仿佛一场旷世婚礼

万籁无声，屏息凝神　只为这一刻到来

终于，她打破这沉默
俏皮地非要走在他身后
她的小脚　印着他的步履
仿佛彼此　合二为一
仿佛幸福　只在此刻
专心把一条路走到尽处
仿佛就是一生
她和他的白头

向西的爱情

一路向西
从西安到西藏
大唐的公主用了三年
一千多个日夜，两万多个时辰
无数个　分分秒秒

从一座城到另一座城
从一个人到另一个人
从一颗心到另一颗心
向西的爱情
注定要天各一方　把秋水望穿

同放一只纸鸢
我牵这头　你牵那头
我看着你　你看着我
水蓝色的天空
飘扬着的　是北国的风筝
也是西天的经幡　朝圣者的灵魂

那一轮明月

关照过秦汉的砖瓦
关照过宋时的边关
关照过秉烛夜读的书生
也关照过缱绻不寐的美人

今夜　这样的月
挂在伴你入眠的树梢
也温柔地泻一片清辉在我寂静的窗前
月光皎洁　如一面镜子
照见了你　也照见了我

你与我
共这一阙月色
如同共一盏桂花美酒
共一场盛大宴席
共一生爱开不败

相思如雨
在春深处润物无声
这个季节的花都开了，草都绿了
我是一只飞不过沧海的蝴蝶
遥远的雪域　你门前那树桃花是专为我开的吗
如果　是
那么亲爱　我来

蓝

蓝的月亮，蓝的云影
蓝的海潮，蓝的星辰
蓝的鸢尾，蓝的露珠
以及开在窗台上的蓝色风信子和蓝玫瑰

蓝的墨汁，蓝的字迹
蓝的信笺，蓝的泪滴
蓝的贝壳，蓝的鲸鱼
以及等你归来的蓝海边的我和蓝房子

把器皿擦得锃亮
给果盘装满荔枝
瓶插鲜花　碗盛清酒
做几样精致小菜　熬一锅百合莲子
等星星擦亮眼睛　等夜幕自己澄清
等你从红尘的繁复与凶险中束手收网

我们不归隐山林
我们去海上行舟
像翱翔在水中的雌雄双鱼

在雷霆，闪电，与巨浪间
鼓紧风帆　逆流而上
一以贯之　抵达源头与活水
抵达生
也抵达死

我所向往的生活

云雀和黄莺都各自睡去
月季和星子正遥遥对视
这样安静的夜晚
最适合在屋里静坐
手捧一卷书
随意翻到哪一页
读几行入心的字句

红泥小火炉上烹着茶汤
与你面对面坐着
火光映红你晶亮的眸子
也将我心腾起一片潮红
此时我想不出一句话去追忆昨日
道路太长　情爱太浅
生命太重　语言太轻

与你面对面坐着
看书、品茗、遐思、做梦
或是慵懒地打一个盹儿
在某个瞬间　不经意抬头

我们　正好四眸相对
亦或在某个瞬间，你静美且安好的样子
恰入了眼帘　柔醉了心

隔着一个清且浅的距离　轻嗅
轻嗅你如兰的气息
连同你圣洁的唇　湖水的心
就这样贴近
贴近你空谷的寂寞
连同你不染纤尘的高贵的魂

不说开始，不说结局
不说太阳，也不说风
只说光阴里愈染愈深的感动
甚至不说感动
没有间隙的　我们
在时间分秒的刻度上紧紧相拥
即便，明日——
就要启程远方，各自远扬
请记得，这温柔的夜
是我与你全部的爱与衷肠

驯　养

五月的麦芒舞动着火焰
你正在苦苦寻找的
可是我　那宇宙唯一一朵骄傲的玫瑰花

忧郁的王子　驯养我吧
你一天看四十四次落日的寂寞
也深深抵达　我灵魂隐蔽的巢穴

驯养我吧
即便，作别就在今夜狂欢之后
至少，从此我永远地拥有了
麦子的颜色　和你雁过之后的留痕

机　缘

一些云朵
远在天边　近在眼前
风吹不去　筝系不来
有花自开　有香自来
隔着一个清且浅的距离
读你成诗，读你成画
读你成一阙天籁
白衣胜雪　何曾辜负
何曾辜负过如花美眷，似水流年的殷殷祈愿

一些距离
在月上，在柳梢，在梦里
倾心如许　脉脉两厢
有棋闲敲　有筝慢挑
用一个温且柔的心胸
爱你成痴，爱你成蛊
爱你成此生此世
鲜衣怒马　何曾幸薄
何曾幸薄过愿得一心，白首不离的铮铮誓言

夜色皎皎

星子如织

撇开千千万万

连同银河的阻隔

我在你眼

你在我心

画地为牢

有风从窗外悄悄经过
那些千丝万缕的情绪
就这样不慎落入了夜的眼睛
穿过月光的幽帘
将一片斑驳的蓝色
悬挂在心湖

蒹葭的眉梢上
分明跳跃着如诗如画的神韵
点点柔情　轻拂眼眸
在涟漪点点的柳岸
流连，驻足，回首

看暗夜漫天绽放的烟火
那些绿肥红瘦的思念
便纷纷跌落在怀里　无处躲藏
你的名字如花
开满心田每一个角落

撑一把水墨画就的纸伞

在风起雨落时候
站在春天的巷口与蔷薇耳语
默默张望，羞涩等待
等待挥洒一生的芳菲

一个人是诗，两个人是画

一个人
在雨里
走了又停，停了又走
伞上滴落的水珠
氲开出一朵朵细小涟漪
青苔、紫藤、栀子花
连同飘扬的裙摆
于曲折的小巷
逦迤出浅浅诗行

两个人
在风中
肩并着肩，手挽着手
斜燕树梢呢喃
绿柳垂钓白云
细草、烟沙、白鹭洲
连同甜蜜的欢喜
于半掩的柴扉
清丽出浓淡墨画

三个人
在云端
且行且歌，且歌且乐
太阳温暖地拥着一弯海岸
浓密的树荫洒下斑驳
远山、轻岫、蓝风筝
于结庐的竹屋
点染出婉转绝句

前世盟定
今生有约
颠倒红尘中
我撑一把伞骨
风尘仆仆
踏浪成歌
寻你——
寻你与我
成诗、成画、成绝句

邂　逅

当陈旧心事再拾不起残破的落灰的爱情
当凉薄流年再拼凑不出完整的跃动的心
当燕子楼空　伊人远去
千回百转　空留一声哀鸿叹息
折戟沉沙　早已将一腔热忱化从容淡定
渐行渐远的青春
携梦的白羽一起遁入荒年

心独居幽室　梦越做越小
日日面壁　只与自己夜夜对话
喜　或者悲
独自思量　兀自消长
匆匆步履　谁会在意一株植物的独活
谁会倾情一朵花的绽放

前世，我们一定熟悉
尤深你一泓清水般澄澈的眸子
认得出你黑夜般静幽淡泊的灵魂
不言　也不语
一只青鸟　在碧蓝的天空中忽上忽下翻飞

起起伏伏间
万重青山已越

斯卡罗布集市

那是在梦里　定是在梦里
沾着露水的白色栀子　就别在少女绾发的髻上
睡莲铺满池塘
月光水一样流泻
你是夜行中的蝴蝶
裙裾飘动
香香地掠过青草地

那是在梦里　会是在梦里
邂逅你的温存
你的温存　风一样的
带走我的心
就像风带走蒲公英飞翔的小伞
从此我成了空心的皮囊
唯有你　能治好错落时间里落下的顽疾

那是在梦里　应是在梦里
绯绯春红　木叶葳蕤
欧芹，鼠尾草，迷迭香和百里香
只浅浅的　一个吻

就吻醒了花蕾里睡着的美人
你长睫毛上闪烁的泪珠儿
是冰蓝的湖泊
是山盟与海誓　千年万年的贪和嗔

那是在梦里　定是在梦里
她的颜色　她的气息
她的静默　她的芬芳
我的迷醉　小鹿一样撞击着心房
在一声浅浅的吟哦
柔醉了一个世纪的
爱和梦幻

箴　言

给我太阳　也给我雨
给我闪电　也给我冰
给我光　更给我乌云
给我火　用来燃烧，也用来自焚

我们在白昼里相亲相爱
我们在黑夜里短兵相接
我们的身体涌出甘泉
我们的毛孔分泌毒汁

你经过我时
桃花飘过肩膀
如蝴蝶一样生动
灵魂确认彼此　一个吻即封喉
回看春风十里　麦黍青青

雪域怀想

四月
迎春花败了　海棠开了
桃花落了　苹果花红了
开落终有时
惟独
我这朵
欲开还闭

青鸟在枝头婉转
催生下一个爱的梦幻
青藤悄悄攀过少女的窗棂
抖落一地丁香愁结
柳絮飞扬　渡口依依
归人何处

日光晴暖
沉寂了一个冬天的水蛇
从阴暗潮湿的洞穴探头
春风吹度
三江源头青稞绿

菜花织出锦缎黄
也把一个人的思绪
化作漫天柳絮飞舞

雪域　遥远的高原之巅
是不是桃花也开了
是不是冷寂回暖了
前世，我们
用一朵莲花商量来世
今生，你我
愿用一生奔向对方

以春天的名义
谈一场恋爱
以灵魂和灵魂
奏起爱的绝响
在拉萨古城的上空
借着飘扬的经幡
寄一个梦给风信子

月亮回到湖心
野鹤奔向闲云
我步入你
你步入我
你在雪中弹琴
我在雪中知音

你独坐须弥山巅
我静待水湄之滨

哪一株雪莲下
曾深埋你我的誓言
在石间草丛　我细细找寻
雪地上闪耀着的
哪几颗——
是我们前世丢落的樱桃

再没有一处风景
如你般玉洁冰清
不染纤尘
再没有一树红梅
如你般静默安然
魄人心魂

枕花而眠的少女
心事婉转
雕栏玉砌的诵经殿堂
是谁在惋惜哀叹
多情本损梵行
入山又负倾城
到头来
如来与卿皆辜负

行走在青石老街
向晚的夕阳染红朝圣者归途
信仰站成一座通天玉柱
沿着血的方向　匍匐跪拜
原来　你就站在街角
脸上挂着忧伤与高贵
哦　你这雪域最寂寞的王
世间最美的情郎

你知我笑靥后的每一丝隐忍
我知你淡定后的每一寸汹涌
你知我的阳光从来只温暖别人
自己却在广寒的月宫独舞长袖
孤绝与高傲结成的玄冰
没有谁　有耐心将它煨热
宿命的本质和本质的宿命
注定是一场无终无止的流浪

你知我黑夜滴落花下的每一颗泪珠
我知你徘徊午夜凄凉的每一声叹息
我知你的心一半海水冰寒
一半火焰炽烈
于万人中央　形影相吊
横隔着琉璃金瓦　高大宫墙
蝴蝶飞不过沧海
夸父追不上炎阳

此一刻　请交出你手
让我柔柔挽住
随着轻拢慢捻的步调
一起去喝碗阿妈亲手酿制的酥油茶
用红尘的温度　一起去寻找
你的玛吉阿米
我的最美情郎

来吧　一起，一起奔赴
一场轰轰烈烈的爱
给我以暖　给我以电
给我以狂风　给我以霹雳
即便终点　是烈火荆棘鸟的哀唱
也不愿守着一座巨大的空城　寂寞成孤

殉葬的花铺满田野
黑鹰在头顶盘旋
宝象庄严　祭天于信仰
菩提树下　摘一颗果实
于佛前静立
告诉他爱的不朽之力
辗转已是千年
而那段爱结成的莲子
种在腐败淤泥里
还是会长出菡萏

梵音
流云
梦痕
浅欢
静修止
动辄观
止与观之间
万物皆备于我心
天地悠然

做一场风花雪月的梦

一

因为爱
一朵花开
然后所有的花都跟着绽放
因为爱
一个女子将自己开成娇羞的新娘

有那么一个温情的男子
愿意宠她
把她爱成花
他们一起在四季的芳香中打坐
酝酿甜蜜
落花结子

二

那是一个美好如莲，半开未开的女子
那样的遇见，恰似夏风掠过稻香
醉了酒的田野

一波一波的潮红　一盈一盈的绿浪

那样的遇见，注定是宿命的沦陷
桃花滚过山坡
孕出满树满树的青果
我将自己站成风雨无阻的草人儿
只为等你　等你在九月的金秋
覆上一个成熟甜蜜的吻

三

爱是骨头深处的痛
像火焰在跳动
像干柴吱吱的焚烧
一寸一寸地想你
一寸一寸灼伤自己
直至化为灰烬
也只做春泥

天空那么蓝　蓝的可以入梦
月光那么清澈　清澈的可以下酒
从春到夏，从夏到秋
落花三千成冢
而你　依然是砸在我心上
最疼的那一朵芳魂

四

九月的风
吹高了蓝天　吹瘦了一泓碧水
也拉长了　你与我的阴影
触摸不到　触摸不到一朵洁白的云翳
无法企及　无法企及一朵静水莲荷的美丽
相思成灾　我在地狱与天堂之间游荡

上帝用无形之手　将满世界的镜子
根植在我的眼睛　我的瞳孔
没有你的世界　满世界都是你
凛冽的西风将秋天灌满　我无处可逃
思念，最终还是在骨头深处软了下来
你成了心头一颗隐秘的朱砂
分明着　也痛着

五

秋凉的夜
空虚如一竿衰败的苇草
在无边浩荡的西风里兀自摇曳
原来爱也会老　像风干的果核
失去水分
木耳在树梢疼痛
麻木如同听觉

幻象百生

季节不知深浅
盛大的夏日渐凋敝
花凋零的速度
十万匹野马御风难及
萧瑟把伤痕描白成一朵残荷
在星子冷眼的注视下
卧听风雨

六

青春消逝在雨季
我们迷失于城市森林的车水马龙
近了　又远了
浓了　又淡了
许多个不再互相想起的夜晚
苍白如雨　云朵不堪重负

在极远极远的山岚
我们与那些盛放的花相顾无言
我们认识这些花
这些花也认识我们
只是
我们已不再是曾经的我们
那花也不是许多年前的那一季盛开

七

秋风的长短句
字字藏刀
一天比一天寒凉
月下的弄弦人
曲曲含泪
一日比一日消瘦

雪夜花开　雾生瓦上
相思猛于虎
在字里行间行行迟迟
终让浅秋的石头绊住
被一朵花的温柔俘获
露从今夜始白

八

岁月何其薄幸
只一闪
夏变成了秋　花只留下果
生命何其短暂
只一夜
一树梨白　一树雪飞
天与地何其渺远
魂归处

是温暖的家　是碧绿的爱

有星子和桂香的夜
你与我　相对而坐
我喂你一颗葡萄　你送我一串紫色的笑声
你递我一瓣橘子　我还你一弯月牙的旧梦
浅度流年
珍藏你年轻的笑涡
也珍藏你岁月的白发

九

把苦咸的日子　和酒吞下
黑夜的长睫毛　噙着一场细雨
融化了骨头和魂魄的土地
适合种下你的名字
从春到夏，从夏到秋
直至在心中长成大树
让离别和幽怨无枝可栖

当年拥抱的地方
马兰花开出花瓣
单瓣是你　复瓣是我
露珠是最小的房子
每一滴都盛得下两颗滚烫的心
与你执手相看的顷刻

青萍铺满金色的池塘

十

月亮是一只白鸟
栖息在幽篁与静水之间
你是一尾鲜活的鱼
游弋在我流水落花的波心
只一眼深情的凝眸
烛光和星星就亮了

只是太早或者太迟的爱
注定结满树婆娑
错！错！错！
错　鱼与鸟错于云端
错　风与花错于月下
花错开之时　错等花落

童话爱情诗系列

之一　美人鱼

邂逅那天　有风，从耳畔拂过
天很蓝，水很清，脚步很浅
也许你依稀记得，也许你早已忘记
打马行走过的地方
落英缤纷　驿路成冢
她倚在青藤蔓爬的篱墙边
羞成了一朵桃花
目光紧锁　青衫长剑
秋水的眸子　有波光在漾动

空留秋千架
荡起，又落下
曲径，通往幽处，也通往无边的落寞
云中的锦书，迟迟无寄
相思的人，只在梦里相见
斑驳的树影里　行行重行行
她的相思着了墨色
浸在冷月里漂白

打捞起一片夜的清凉

少年翩然的衣袂
像一袭卷帘的风
多少次，撩动你系在银铃上的秘密
谁会知道
这一别，竟是永生
这一别，却成了另一个人
一生无法走出的　重锁深坊

苍烟落照，都付与季节的轻吟浅唱
触目惊心的，是她山河破碎的城池
那里有再怎么寂寞的灵魂都无法消融的沉重叹息
那里有再怎么明媚的天气都无法照亮的阴云密布

多少年后
在花下心事婉转的少女早已不复
清濯的容颜，在尘世的烟火流离中
消了颜色，淡了芬芳
摊开掌心，密密纵横的是一段往事纠葛
于是，才渐渐明白　正是那些近乎偏执的执着
生生将她隔离成一座孤岛
那个念念不忘的人
根本无法给你一个俗世安稳的归宿
甚至一个禅意的拥抱
而你，在婆娑的遗憾里抱残守缺

搁浅于一片荒芜的沙洲　一任光阴凌迟

之二　花与爱丽丝

那个时候的年纪
水果糖一样的缤纷
那个时候的爱情
该是一枚青果
甘酸，诱人，有着光鲜美丽的色泽
树下，你捧一本书来读
不知何处吹散的一枚花瓣，悠悠飘落
芳香了欲合的一页
你闪着皎洁的眸子
抬眼——
看那棵流花的苹果树
天空，有飞鸟掠过

下雨了，淅淅沥沥的雨
染得草地一片翡翠
你还是静静地立在那儿
晶亮的眸子映出湖水的心
你的目光绕过那棵苹果树
每一枚果子
都藏着千番滋味
连寂寞　也楚楚动人

或者，你在等一个人
等他把甘酸的果实摘给你
或者，你只是等着，等着
等它成熟
然后在一阵风的喘息中
应声而下
恰巧落在你眼前的花丛
荡起层层碧波
你的眼笑成了一弯彩虹
醉了这半阙江山

那个鲜衣怒马年代里横空撞入你心底的人
他是不是白衬衫，牛仔裤，有酷酷的表情
你最爱看他弹吉他时的专注和忧伤
还有撅着嘴唇思索的孩子气
远远地，静静地看着他
你的心情轻盈了又轻盈
浮在云端
越积越厚，终究下起了雨
你在雨里梦幻，你在雨里怅然
只是，那些誓言终究没有拾起
那些想说的话终究没有脱口　春天就接近尾声

时光的银犁　划过光洁的额头
那些婆娑生活的遗憾
回忆一些人　是不是也会笑到流泪

用假装仰望天空来掩饰无助
阳光亲吻叶脉　投下斑驳的浅影
起起伏伏的思量中　心已越过万重青山
季节走到了深处　一枚彤红的果实高高地悬在树梢
那是被主人和鸦雀一同错失的一颗
熟透了的它在高寒处摇摇欲坠
终究难逃萧瑟秋风里　作枯叶的飘零

芳华远逝　你脸上羞涩的红潮退却
举手投足是明媚与端庄的气韵
迎面　一个稚嫩的小女孩
她和你一样，有着紫葡萄的眼睛
穿着公主泡泡裙
掠过一片青草地　采摘新鲜的草莓
和那些甘甜的浆果
孩子咯咯的笑声
像是要把田野唤醒了
唤醒了，唤醒了
解冻了的奔流的小溪
唤醒了，唤醒了
苹果树上欲羞还漫的花红

有风吹过
年轻母亲的眼　越过清溪
越过村庄　越过花开灼灼的苹果树
若有所思　怅有所悟

你挽起她柔嫩的小手
翻开湿润的泥土
种下一棵小树
她看着你，甜甜地笑了
你忍不住轻轻附上一个吻

这是你最幸福的时刻
这是你最落寞的时刻

之三　灰姑娘

安静的夜
无声角落里　你蜷缩成一个婴儿模样
纯白的梦里　有栀子清香
没有南瓜车，没有水晶鞋
没有琉璃的宫殿，没有举止优雅的王子
你只是你，敏感，善良，清澈
一个爱梦的姑娘
当大海被汹涌的潮浪淹没
你只想赤脚走在沙滩
在如水的月华里打捞远逝的童话

你的成长像所有春天的小草一样
蓬勃而又倔强
在一块黑魁魁的岩石的阴影里
努力地趋向光，趋向热

趋向蔚蓝的海岸，趋向火红的太阳
在贫瘠的泥土中蓄积养分
在呼啸的烈风中餐食雨露
你的孤单像你的生命一样
丰盈着大地的绿色
你不知道何时才能娉婷成一朵花
却从未发觉，那低入尘埃的枝头
有骨朵待放

他途经你，路过你
步履那么轻，那么轻
途经你蓝紫色的梦幻
你羞怯的脸上　醉酒一般地染了胭脂桃红
你仿佛听到了春潮涌动的澎湃回响
你每一声心跳都有一万只海贝在和风弹唱
每一个旋律和音符都生发出触角
或许他没有听懂　或许他视而不见

在王子与公主居住的城堡
你的心凋零成一地残红
教堂的钟声一敲到了第十二下
华灯如水皎洁
最后的那曲华尔兹
你目睹王子攥着她的纤手
轻轻舞动，像一双烂漫的蝴蝶
漂亮的水晶鞋正穿在她脚上

十万枝玫瑰辉映出她倾城的笑涡
你只是途经
途经一段风花雪月的童话
就像他途经你
途经你，给你一个风花雪月的梦

多么恬静的夜晚
多么忧伤的夜晚
星光密密的结成一个网
旷野的风兀自弹唱
今夜的月，不会再圆了
你孤独地坐在散场的阶梯上
望着星空，那最闪亮的一颗
距离你却有一光年那么远
哦，多情而忧伤的姑娘
穿上你的棉布靴
回家吧　有炉火和茶汤在等

之四　小王子

去过那么多星球
遇见形形色色的人
你的悲伤是一朵雨做的云
承载着众生的——
虚妄空乏　贪嗔痴念

你终于还是怀恋起那座
有着火山灰和猴面包树的星球
然后选择一个月朗星稀的夜晚
在神秘荒凉的沙漠
请一条金色的响尾蛇
帮你，帮你结束这无休无止的流浪
让身体轻盈成一只白鸟
你要去寻她
那宇宙唯一的一朵玫瑰花

爱是唯一，是责任，是驯养，是悦纳
是你缄默不言　她却熟谙于心的相知相惜
狐狸记得麦田的颜色
你也将铭记风吹麦浪的声音
你走后
留给世界的是一天看四十四次落日的忧伤
而每一个仰望星空的人
都将拥有璀璨的笑的星星

第四辑

放逐白鹿

我要大声喊出秦岭

终日面南而居
被一座山挡住去路
渺无一物的天空
没有生命的蓝来划破它的白肚腩
比十个太阳更加躁动的不安，是夏日的孟浪滚滚
被远方和虚空折磨的人啊
终日幻想着奇迹发生
一次次试图从搬动太行王屋的老者那里
求取移山填海的真经

南山，终于在九月的一场大雾中遁迹
远方的幕布　徐徐升起
多么美的幻象
需要人以长醉不复醒的方式沉溺
直至我的影子被平原的月亮追杀，无处可逃
唯有它　才是灵魂最后的庇所

我要大声喊出秦岭
喊出打娘胎就拓下的深深烙印
我居此山，我食此黍

我饮此泉，我养此命
我要大声喊出秦岭
十万只云雀羽振长空
九千头羚牛深林长啸
迁徙的狼群，汲水的白鹿，奔跑的香獐……
我和它们一样
是秦岭豢养出的孩子

怀揣遁世的决心
终有一天
我会回这里
回到秦岭
坐在儿时的山巅
采摘饱满多汁的鲜果
把棉花似的云揽一朵揣在怀里

最美好的雪下在人间

最美好的雪下在人间
轻盈的雪　晶莹的雪　在天地之间跳着芭蕾的雪
让世界成为一个剔透水晶球和童话迷宫的雪

溪涧之侧，有小鹿汲水
也有不怕冷的锦鸡　立在圆石上照镜子
冰面倒影出　它花枝招展的羽毛
和落雪做成的银色王冠

最美好的雪
是少女眉间的一朵
是松针细细的尖叶上　露水莹莹的一朵
是迎风行走脸冻得红扑扑的孩子　正好吃进嘴里的一朵
是晚归的丈夫裹挟着凛冽的风　带进门里的一朵

最美好的雪　下了三天三夜的雪
渐渐展现　它的凌厉
雪　让头重脚轻根底浅的芦苇向大地行跪拜礼
也刮倒被时间噬空了心的　腐朽的电线杆
雪冻僵那些在泥土和庄稼里　搞破坏的虫子

也压垮去年新修的七天就竣了工的通村公路

雪　颠覆一切丑陋和麻木的雪
为疤痕累累的大地疗伤的雪
冷酷的雪　暴虐的雪
它压弯一切骨头不硬的家伙
把生命的质地和荣光
玛尼石一样高高擎起

像火一样锻造
像水一样润泽

雪
这世间
最轻，最重
和最美好的精灵

秦　岭

秦岭是儿时爬过的一个小土凸
秦岭是鹰隼都飞不过去的绝壁千仞
秦岭是一脉山水养育千万万人的生命之门
秦岭是绝世隐者，以匍匐的方式护住的一条中华龙脉
秦岭是路转溪头忽见
遍布野花，灵兽，草药，狼群，林麝，山羊，野鹿
也遍布白骨，暗穴，和陷阱的地方

秦岭里住着老聃和四皓
也住着蜉蝣和孑孓
在秦岭，随便捡起一块石头
可能把万年的光阴揣在身上
一棵岩松
也有禅修千年的道行
比一株紫花地丁还要稚嫩的
——是我

穿花的姑娘

大朵大朵鲜艳的花
开在她身上
开在她摇曳的身姿
开在她飞扬的裙摆
穿花的姑娘　其实已不再年轻
水流过的痕迹　就藏在光阴淡淡的凉薄里

荒芜的城市四处漏风　吹走昨日的梦幻
也把微粒和琐屑　落在一个人心上
车流滚滚的大街，人头攒动
环肥燕瘦的女人们
踩出杂沓的曲调
分不清哪一串，是她的细跟

巴掌大一块瘦地
寻春的种子　次第生根
一朵，两朵，三朵，四朵，五朵……
轮到她的时候
连春天　都显得挤了

在那些被岁月漂白的成长中
小小怯怯的她
从一堆皱皱的姐姐们传下来的旧衫里
找不到一件有色彩的惊喜
失意和自卑　使她远离那些唧唧喳喳的热闹
在被太阳和麦芒挫伤的疼痛中
沉默　而沉默如同大地

三十岁　抓住青春的尾巴
她终于　终于不再有捉襟见肘的窘迫
不再一次次梦见　穷途末路的追杀和绝望的奔跑
拿着并不丰厚　却能养活自己的薪水
买来一条条花的裙子
把春天穿在身上

她的骄傲是花的骄傲
她的忧郁是花的忧郁
她的冷漠是花的冷漠
她的太息是花的太息
那些个苦涩而没有盛放的春天
她要一个个补回来
她要让一个个晦涩的能拧出水的日子　缤纷起来

喜欢上树的女孩

喜欢上树的女孩
爱把自己　云朵一样挂在枝上
她把自己当成树尖上的一枚嫩芽儿
卯足着劲，怦地一声——
挤出一片绿　又开出一朵花

喜欢上树的女孩
也爱做梦　各种各样五彩缤纷的梦
她总是在夏日的傍晚坐在高高的树上
想象自己是一只通体发光的萤火虫
对着蓝绸子一样的天空
骄傲地把身体点亮

喜欢上树的女孩
也渴望春华秋实的圆满
她曾经满怀心事　坐在结满果子的树上
好似自己就是其中熟透了的一只
渴望在霜降之前　被心仪的人采摘回家

喜欢上树的女孩

比别的孩子更早察觉到孤独
她借树身的高度　一次次抵达云层
也比他们更早看到　大地的沉重
以及　被群山围困的远方和虚空

五月的花朵

五月
细碎的紫花地丁开满小径
连空气都是粉盈盈的
香，从风的骨子里透出来
又蒲公英一样乘着小伞
被带去远方　寻梦

麦子还在灌浆
勤劳的农人已经磨刀霍霍准备着收割
立在坎头
目光越过山万重　直抵故乡
那一弯瘦水如故
而挚爱的母亲
早已在岁月的洗涤中两鬓染霜

一片青草地里
一群顽童在奔跑和嬉戏
俯下身子　用孩子的眼睛
观察一朵花的颤动　一尾鱼的游弋
用孩子的心跳

贴近河流　贴近大地

篱笆墙上爬满紫色豇豆花
炊烟升起的地方
有一个人　正猝不及防地老去
像那些失去水分的花朵
那细密的褶皱里
曾流淌倾尽一生的汗水

一花一世界
果核里盘坐着
一个孩子　和一个母亲
一叶一菩提
那些凋零的　终被铭记
那些微小的　终将崛起

戊戌年祭父

我赶着清明的雨水回家
父亲的坟头又矮了一截
杂草向纵深处肆无忌惮
欺生这个躺在地下的男人，身后没留下一名男丁
尘归尘啊土归土
十二年了，又一个戊戌轮回
若父亲还在，也该是子女家成，儿孙满堂，尽享天伦吧
属于他的六十花甲子，是安静地躺在地下
等我拿好酒来祭

这个属狗的男人，全身无半点奴性
一辈子没弯过腰，骨头硬过了钢铁
在与命运一轮轮的厮杀中
楚歌四面，拒绝妥协，拒绝缴械
“亦知合被才名折，二十三年折太多”
二十三年太少　你何止承受这些

白杨树一样蓬勃的青春啊
你也曾心比天高
渴望像树一样立天地心，担天下任

何曾想，生活渐渐露出它嗜血的牙齿
命运早已布好了各种暗洞陷阱，阴错阳差
等你四处流离，兜兜转转　最后落入尘网

时光的水银
一点点蚀尽一个男人的荣光和骄傲
病痛和折磨也乔扮成小偷，掏空你身体里的粮食
你把生命里最后一根火柴　留给了寒冬中的妻儿
选择自己折戟沉沙

每一年春天，我都如约来看你
隔着一抔薄薄的黄土
恍惚你就站在我面前
仍是四十八岁时的壮年
深情唤我一声乳名
全世界的梨花和雪纷纷落下

放逐白鹿

蜘蛛在心上结网
密密套牢一个人的垂死挣扎
踏着昨夜的落雪和梅花
在一盏茶凉中将往事追忆
说起苦难
就想起父亲在龟裂的土地播下种子
说起生命
就想起收割过的麦茬和逐日而生的向阳花
说起爱情
就想起一树一树的花开和一树一树的凋零
说起童年
就想起村庄袅袅的炊烟和暗夜里飞舞的流萤

我的沉默是大海的沉默
我的伤口是被多盐的海水腌渍过的伤口
所有的惆怅，探索，迷途，追寻……
也终将化作上帝的一声轻笑
不断倾覆的大雪　考验着生命所能承受之重
何妨抛开这人世间的负累
把绿色还给大地

把激情还给太阳
把蔚蓝还给海洋
把沉思还给黑夜
把慈爱还给母亲
而我　惟愿遁入这永久的荒年
在无人的旷野　放逐时间的白鹿

在陕北

在陕北
天是近的
神掌管这片土地
羊群是飘浮的云朵
流动在群山起伏的高岗

在陕北
鸟是高傲的
不屑盘桓低处
绝尘孤独　逐鹰而居
心比天高
所以云层便成了归宿

在陕北
石头比铁还硬
连泥土也是站立的姿势
火舌一样的太阳
把河流和庄稼舔了一遍又一遍
生命从火中取栗

在陕北
汉子比石头还硬
他们习惯负重　习惯把一座山扛在肩上
自己化作月亮
把女人爱成一泓水

凤凰山

整整一天
我都在凤凰山的圪梁上　奔跑
凤凰山宽大的脊背驮着我
不断悬空　向神居的高地飞驰
贯穿它的羽毛和翅翼
我是干渴的夸父
一路长歌“凤凰鸣矣，于彼高岗　；梧桐生矣，于彼朝阳。”

凤凰山的云是重色块的
又大，又厚，又浓，又足够轻盈
凤凰山的土地也是重色块的
裸露的黄土，干燥的风，泼墨的野花
胴体一样柔美的草甸
以及深不见底的　暗洞和巢穴

凤凰山下居民的脸是重色块的
混合了麦子的颜色，小米的颜色，黄土的颜色
大河的颜色，太阳的颜色，青铜的颜色
信天游在山坡坡上走
小牛犊在川道道下哞

死去人的坟茔　长出一棵合欢树

凤凰山的夜色是重色块的
月亮又大，又圆，又亮
群山是一口深不见底的井
发出黑煤一样的光亮
蓝色的星辰　银色的河流
少年暂压胸中岩浆般涌动的地火
枕着他的镰刀入梦

大明宫

高踞贞观路的中轴线上
坐拥整座皇城
大明宫一分为二
万千气象，在青灰色的薄雾中渐现渐隐
龙首原，凤仪巷，车马辚辚
太液池是昨夜温柔缱绻的妃子
在波光流转的明镜前懒懒梳妆
蓬莱仙岛呵　没有了那个起舞弄清影的楚狂人
只便与长空皓月一起　寂寞千年
鲜血清洗过的玄武路
有稚子奔走，老媪翩跹　一派歌舞升平

丹凤门　一扇门开启百种玄机
每一条小径，都布满命运的纹理
锦绣未央　只在深夜满血复活
管它周秦汉唐
逞尽风流
把酒梦一回唐朝
绣口吐一个长安

灞　桥

我住在古人的灞桥边
眼看着冬天一日比一日临近
就像年年如约而至的老朋友
它许我一盏薄酒，两点筝语
四两雪花　九万匹西风瘦马

不见渡头望郎归
无有折柳送友人
桃花潭在我不足一公里的地方
一日日瘦下去
同时瘦下去的还有岸边的芦苇，长嘴的白鹳
雪拥蓝关　也是我最先听到车轴声
我有时邀王维闲敲棋子
我有时约李白谈谈瀛洲
我有时关切杜工部有无草庐栖身
我有时疼惜那个苦吟一生的背影

此去长安
在灞桥边挥一挥手
水月镜花　白云苍狗

皆然散去——

周秦汉唐　太白东坡

自会回来——

江　南

我不能在江南待太久
江南的雨水太多、太灩、太甜、太腻
花太美、太香、也撩人……
一处接一处的小桥、流水、人家
青瓦粉黛　无穷碧的荷花
弹着筝曲的女子
画眉婉转　绿萝流翠
一句酥到骨子里的吴侬软语
都使人灵魂久久震颤

曲径通往的幽处
狮园、梅园、拙政园、西园、留园
虎丘、狮子林、沧浪亭
南湖、太湖、西子湖、九龙湖、月牙湖
仙林湖、百家湖、玄武湖、莫愁湖
回首处　桨声欸乃
又是那何人浅唱：
良辰美景奈何天，赏心乐事谁家院

西施范蠡的江南

苏小小的江南　白居易的江南
杜牧的江南　东坡的江南
李清照的江南　柳永的江南……
每一个江南都点染三杯两盏淡酒
氤氲四两七寸东风　快马加鞭一匹
我的江南　就在无数个江南的夹缝中
如一丛细细的藤萝　悄悄爬过篱墙
开几枝峥嵘的骨朵
织一片翡翡的绿茵

黄昏时的拉萨

月亮是一枚黄杏
衔在斜阳芳草的红唇间

药王山孤塔高悬
沉默不语的布达拉宫　宝相庄严

蓝的湛蓝　红的深红　白的雪白
五色经幡在风中梵唱　嗡嘛呢叭咪吽

众生喧哗　万佛端坐
皆皆穿行于药王山和布宫之间的白塔

桑烟阵阵　焚香袅袅
一粒芥子　在无边的佛法中开启它的智慧之门

凫 游

高原的蓝　深得像海
深的能照见灵魂
我是幽囚在这片海域的淡水鱼
在缺氧的底里
练习大海的凫游

高原将人举上了云层
是云朵也是浪花
是蓝天也是蓝海
身至其中　便也成了
那蓝的一部分
咸咸的海水　或是翻涌的浪花

徜徉的鱼
穿过——
白云朵和蓝苍穹
海葵花和珊瑚丛
徜乎胸臆　吐纳出
一座大海　和一座高原

雪 域

在世界第三极　在青藏高原
虫草最先萌动
接着是解冻了的冰川和溪流
紧随其后是灼灼其华的山桃花
天蓝的可以入梦　水清足矣濯心
云朵　是一个个离家出走的小小少年
乘着洁白的翅膀　无拘无束
随便泊在哪一棵沙柳或者白杨树冠上
只一个盹　太阳就坠入西山

山风竦竦　草木皆兵
苍鹰归穴　穹宇换上了夜行衣
星星倾巢出动
统归于月亮的麾下
一条河流归于寂静
无数条河流喧哗作响
星光如银，脉脉含情
佛光照在谁家门前
枕花而眠的少女　白象似的群山
野狐出没的地方
春日迟迟　卉木萋萋

草原行吟

青草如梦　绿过三江源头
心的原上　放逐三千野马
候鸟迁徙　天鹅振翅而飞
从长安城到圣域拉萨
从巍巍秦岭到绝地珠穆拉玛
我的爱人
在向西朝圣的路上
我——
离你　愈近
还是　愈远

从长江回到唐古拉山
从黄河回到巴颜喀拉
从秦岭回到一块远古的石头
从生命回到婴儿
从热爱回到原初
你回到你
我回到我
让生命再来一次
那会是

一个眼神便认出你灵魂
或是　一生难渡的距离

叶 巴

四围的群山牵起手
就圈出这一片小小谷地　连同栽种五谷和食五谷的人
春风走不到这儿
就像这儿从没走出过一个大学生

关于文成公主和茶马古道的传说
都散在了时间的流沙
留下几粒　落地生根
衍生出摩崖上俯瞰众生的佛像
和口吃的央金拉姆　以及怒江上空的大风
念了一遍又一遍的：唵嘛呢叭咪吽

人和牲畜
那些侥幸活过千百年的树
连同在母马肚子里就夭折了的小犊
都遵循着天道的古老法则
自生自灭　自灭自生

多脂的油核桃和粉红的苜蓿花偏爱这里
紫葡萄和长线椒　偏爱这里

雨和雪　也偏爱这里

它们早早到来　又迟迟不肯离去

星星洒满山谷　英雄的格萨尔护佑这土地

山里的夜

头枕着一条怒江
十万头狮子在水面昼夜不歇地狂奔怒号
同样野性难驯的鹰
端坐于翘楞的山崖
像一个胸有成竹的猎人
只待愿者上钩

巨石上的六字真言
被谷风吟诵了一遍又一遍
活在低处的沙柳和塔松
永远是一副谦卑模样
被砾石折断了花冠的狼毒草
多汁的伤口又抽出新叶

岩羊从山坡下来
白熊在溪边饮水
豹在秘密的洞穴　窥视一切
夜幕收拢了卓玛放牧的马群
云雾在远处捧出哈达
月亮拿出佛光般的慈爱　映照人间

我是夜的孩子
在沉睡的群山中独自醒着
与我一同醒着的
还有蓝绸子的夜空
和夜空缀满水晶一样闪亮的星星
它们是深秋的霜糖
舔舐着梦孩子嗷嗷待哺的诗意之心

凤凰朵

怒江，曾陪我出生入死
历经劫险，在狼奔豕突中杀出重围
而凤凰朵，恰似了缱绻温柔的爱人
掬一捧幽蓝的星光
点缀衾冷秋薄的梦境

磐石屹立千年
流水不舍昼夜
一面峭崖与一条大河的对峙
恰如一个女人与一个男人的正面交锋
在博弈，缠绵，厮杀，和决然中……
把伤口摁进更深的地下

绝壁上笔走蛇飞的三个字
昭示着贫瘠荒凉的不毛之地
也曾栖过一只浴火而飞的凤凰
犹同在海拔 7000 米的高地
同样会有虫草代替草原秘密复活
殊途同归　大河在无始无终的奔流中
以博爱之心反刍村居千户，良田万顷

告　别

雨水洇湿的九月
告别一条大河的喧响
高原用它漩涡一样沦陷的蓝为我送行
云朵啊　让我到哪里去寻找
寻找你这样的白雪
在永生仰望的太阳面前
我有一粒麦穗的谦卑

怒江摊开它柔软的金色河床
只为盛放最后一夜的星河灿烂
在江中沉睡的骷髅，阴魂不散
怀揣窦娥的不甘，一路呜咽着
被泥沙裹挟向前
露从今夜始白
一颗心一碰就疼，一碰就碎

九　月

九，一把喋血的弯刀
以大力孙参之力　刺入秦岭丰沛的绿肺
河水消退　叶子在一夜之间
捧出灿灿的金黄
它们要赶在雪之隐者造访之前
在九万里江山之上　燃一场熊熊大火

九月的心情　不可描述
泪水，像这个季节的雨水一样多　一样黏稠
心上的秋呵　堆积成冢
潮湿的山涧　大雾弥漫
一只仓皇出逃的小鹿　被楸树撞断了犄角

九月只有两种颜色
漫无边际的黑　和漫无边际的白
像海潮和暗礁　一遍遍冲刷着昨夜行凶现场的血渍
　和疼痛
痛到麻木的呐喊　近乎嘶哑
你听不到　风也听不到

九月　更像是一场做不完的噩梦
类似于鬼压床的情景再现
人为刀俎　我为鱼肉
捂紧了胸口　不让灵魂出窍
忍受牛鬼蛇神的盘剥
忍受被流水推动着的不断旋转的磨盘碾轧
忍受仓鼠整晚整晚偷食粮食窸窣声的折磨

没有一个词能形容的九月
小人、梦碎、争吵、背叛……
眼泪、疾病、痛苦、折磨……
雪域、高原、秦岭、长安　九万里高空飞翔
千里光、金刚藤、丹参滴丸和红景天合剂

无声的泪滴应和雨声
多少个深夜　把绝望叠成一只白鸽
飞出去　又落在了脚边
噩梦般凋落
像伊卡洛斯被太阳灼伤的生命

在叶巴的日子

在叶巴的三个月零十一天
每一个崭新的日子，都像是银河的一盏灯　把夜空
　次第点亮
捂住心跳如崩的呼吸
我需要一场慎重而决然的告别
告别浊流滚滚的怒江　告别开满狼毒花的草原
告别飞翔的鹰隼
告别憨憨的土拔鼠
告别群山之上奔驰而过的岩羊

告别那上百株数不清年轮的古树
告别甘甜多汁的藏梨
告别被一双双稚嫩的小手捧到我跟前的红苹果
还有朗加卓玛院子里能酸倒牙的红石榴和紫葡萄
告别阿尼玛家的甜茶　和丹巴乡长的果园
告别刚刚走过雨季　已经开始温顺和澄清的河流
告别分布在山涧的大小曲洛
甚至从凤凰朵捡到的那颗水晶石头　我都不准备带走

属于叶巴的天空

蓝的深沉　蓝的慵懒
又像个忧郁的孩子
冷不丁就会深情落泪
那里的云呵
多么蓬松，多么洁白
仿佛一头扎进去
就有做不完的美梦
而太阳　永远都那样没心没肺地火热和明媚

属于叶巴的一草一木
我都不忍攀折
若说能带走什么
绝不是白玛大婶从层层包裹的手帕布里数出的那
　十六根虫草
也不是临别时可爱乡邻双手捧出的一条条洁白哈达
若能带走点什么
我希望是雨过天晴之后　地面上开出的朵朵泥花
可以像孩子一样跳上去
踩呀踩呀　咯吱咯吱的声音如母亲的纺纱曲
满天的星星　我也想抓一把藏进口袋
留待岁月黯然
云，也借我一朵吧
倦以小憩　像一枝安静的莲

雨水哭伤的九月

整个九月，都是雨
没完没了
天塌地陷　夜长的没有尽头
比冬天提早到来的冷风
肆无忌惮　仿佛要把人间洗劫一空

旧日的王都被怒涛吞噬
万物以九万里凭虚御风的速度走向凋敝，衰败，和腐烂
沉默　如黑夜临近
银杏树上跃动的金色
更像是英雄赴死前的回光返照

无声无望而无力
一如整个九月的雨水
把房屋下漏　把大坝摧毁
像地心闪着光泽的黑煤
像坠入太虚之境的零星

河流咆哮着，吞咽下一座又一座房屋
风削在脸上　生疼

落入荒野的稗子　悔恨昨日枝头的青涩
从海晏河清　到只剩下惨白的月亮和自己的影子
中间只隔着一个　窄窄的九月

旷野的呼唤

我的心
我的人
我居无定所的灵魂
与自由一起
融入流动着的激荡的热血
炼成与生俱来的符咒嵌入骨头
被无形的皇冠加冕的人
注定这一生　要历尽浩劫
浮浮沉沉

在隐匿的无垠的荒原
潜藏着一匹野马
它有着雪白柔顺的鬃羽
海东青一样的桀骜不驯
奔跑，奔跑——
虎虎生风的四蹄
以风火雷电的速度
叩响大地黎明的跫音
对着旭日喷薄的东方
高吭嘶鸣——

纵横远方的河流，山川，村落，庄园
雪山，草甸，夜莺和玫瑰
光秃的枝桠上缀满凋敝的残破的梦
我以我拾荒者的饥渴
走近你，拥吻你大地母亲的额头
沉溺于温热的血的腥甜
星空是结褐的襁褓
只有在那里　只有在那里
我才能如婴儿般熟睡

怀揣对信仰的无比忠诚
夸父在无边的旷野　追赶太阳
干渴龟裂的岩石在火舌一样的烈日舔舐下星光四溅
寻我以仙露琼瑶
寻我以蜃楼海市
寻我以肉体凡胎的飞升
引赤乌这一炬红火
将万死不灭的希望点燃
在尸骨化成灰烬的地方
又重新长出青草，菡萏，和绿树

巨人倒下的地方　荒烟蔓草
没有墓碑的英雄　埋骨他乡
无人在意过这片死寂的荒冢
间或有傻子和疯子误入

发现隐匿的神性的祭坛
他们长久地　立在无边的风中
沉思和朝拜

遥山隐隐，水天相接
夕阳正痛苦分娩着夜的孩子
赤色晕染了一江碧水
觅食的乌鸦也飞回巢穴
白云隐去　子规出世
草色被露水打湿
宝石蓝的鸢尾花应声而落
长尾松鼠衔着几枚干果
爬过严冬的萧瑟

即使是在梦里
无数次叩击心灵的　我的远方和旷野
宛如杜鹃反复吟唱的夜曲
它们于我　是驰骋辽阔的疆域
是灵魂永生的故乡
血与肉，灵与神的契合
相容相生，早已难辨
是它们在追随我
还是我在无形中召唤着它们
就这样不分血肉，不分你我地
激越吧　消融吧

无数个今天成为昨天
融入昨天消失的河流
无数个明天成为今天
有人白日美梦，有人攀山渡崖
无数条路踩在脚底
无数个目标正在抵达
无数个愿望遥若星辰
和时间赛跑
即是超越了风的速度
又如何能够幸免
十字架上，盗火天神的命运

流浪的白马
有一天也会倒在途中
正如有一天我也会在一棵树的绿荫下
永远地熟睡
我和我的白马
躯干和皮肉终将被蝼蚁化于无形
到那时　好心的过路人啊
请记得一个亡人的嘱托
葬我在即时即地
用血肉之躯　为后来者立一座路碑

且趁着生命赋予的生气
像磷粉和火花一样痛快燃烧
手执一柄开封的青铜剑

森森寒光，披荆斩棘
直至血衣斑驳，颤颤走到上帝面前
站成一尊不屈的雕像
借雷电向高高在上的宙斯下战书
问他，你可曾真正囚住了普罗米修斯
肉罚形役，连同暴力　从来——
只会让反抗的鼓点密如暴风骤雨

牛鬼蛇神
还有从潘多拉盒子里飞出来的无数条小兽
来吧——
齐聚到古罗马的战场上
荷马就端坐在剧场中央
他什么也看不见
他什么都看的见
腐烂全盲的黑洞里
灵光又开一道天眼
请公正的他来裁判

我已披好战神的铠甲
白马也做好牺牲的准备
来吧！擦亮你的武器
磨尖你的爪牙
尽显你荣耀和权力的神威
我有鲲鹏和海东青的坐骑
它们可不像代达罗斯那些懦弱的白蜡

见了太阳只会匍匐流泪

星星的微光刚刚露头
潮汐的浪潮如跌
当伤口生生撕裂
我也能忍住火苗一样灼烈的疼痛
直面黯淡鲜血的淋漓
啸啸西风裹挟着雪花
为不死灵魂歌尽梨花
在雷电交织的寒夜
上万山之巅
插满飞扬的战旗

夜的帷幕上
演绎着但丁天堂的盛况
堂吉诃德施魔法玩转风车
查拉图斯特拉背手立在一幅古画前
拜伦用诗歌锻造金冠和橄榄树
艾略特，叶塞宁，叶芝，兰波
还有惠特曼，里克尔，聂鲁达和赫尔曼
贝多芬忘情地弹奏欢乐颂
来吧，所有敢于同自己和不公斗争的勇士
共赴一场盛宴
忘记是戴着脚镣在跳舞
来　我们干杯
来　不醉不归

所有不死的灵魂和力量　团结起来
在人间开辟一片疆土
让亚当和夏娃在玫瑰园里恋爱
有着丑陋外表和内里的蛇
罚他上食埃土，下饮黄泉
把成熟的苹果摆在寻常人家的餐厅
做成松软的派和香甜的汁
浮士德在阳光的树下看书
爬满青藤的教堂里唱着赞美诗
孩子在草地上嬉戏
高空有天鹅飞过
蔷薇在枝头跃动

待生命完成荣光
该结束了，那些没有起点和终点的流浪
生与死，是一段永结的无情之游
水影摇曳　飞扬的战旗舞动
借最后一缕气息
慎重将往事回顾
我这一生　都是在斗争
用死的精神
为活着的自由而战

迷失菩提

还只是在青果的季节
栀子花欲开还羞
水面圆清　一一风荷举
时光的刀锋，未曾打磨一分
那些清濯的面庞
还闪着金子的光泽

那时的青春　像个赤裸的孩子
把自己都交出去　在刀尖上舞蹈
用热的血，赤的心
把爱和恨都熊熊点燃
每一寸呼吸都竭尽全力
生怕，哪一丝疏漏
会错过一生的风景

那时的生命　像个柔弱的婴儿
在莲花的柔瓣中　粉嫩开合
一笑一眸　都溢满出尘的芬芳
眼波里有秋水潋滟
恰似了夜空的星辰

和玫瑰庄园的紫葡萄

时光之书一页页仓促翻过
却不曾碾出一道车辙
扬鞭空叹　竟又何时，山河破碎
沉重或是轻盈　都被秘密封藏
炽烈或是凉薄　都被层层包裹
怀念的，永不相干　失落的，去不复返
难言的，不再启齿　珍惜的，早已匿迹
菩提　在行走中迷失

泗水东流　逝者如斯
身心斑驳　步履踉跄
白银若雪，隐在一片丛林深处
谁的心里藏着一面镜子
谁肯赤脚走过荆棘
谁能雪中取火，又铸火为雪
我们终究只是路过
生与死　才是生命
最初和最后的轨迹

灵魂所热望的旷野和远方
发肤肌理所切实感觉到的爱与恨，喜与悲
都将是一道坎和一道门
锻生之坚韧　也渡凡生窄门
谁都无法背负起他人的命运

冰蓝的湖泊　也只能倒影自己
恰如那些在空谷里寂寞开落的花朵
从春到夏　从秋到冬
无法逾界四季的轮回
也无法避开那些闪电和劫数

我的唇曾吻过一枝凝结晨露的夜来香
我的心曾在梧桐树的鸟巢里安睡
我的鼻息曾触碰青草的鲜嫩和百合的芬芳
我的双手曾沾满稻田的泥土和新鲜的牛粪
爱细雨的温润，也爱雷电的暴虐
爱世间情的缠绵悱恻，也爱它的蚀骨腐心
且共从容——
云破弯月，花弄清影
瓜熟蒂落
菩提归心

梦断青海湖

碧澄的青海湖
多少次　就迤逦在我蔚蓝色梦境
像一块接天的蓝玉
镶嵌在草原与陆麓的腹地
更如一位世外的仙子
清丽绝尘　翩跹而来
日月神山是她忠诚的卫士
飘扬的经幡是她琳琅的环佩
倒淌河的清溪是她柔波的心胸
岸沚娉婷的白鹤是她天空的信使
婀娜的雪山是她柔美缱绻的长发
青青草原是她翠色晕染的霓裳
金黄的菜花是她飞天舞袖的罗裙
十里原上的格桑梅朵　是她别在胸襟的点缀

走近
我以我处子的虔诚
走近
我以我匍匐者的谦卑
走近

我以我轩辕的血肉与灵
走近
走近一株遁世莲花的倒影
走近
走近雪域王魂归的岸沚
走近
走近绝世的才情与孤独
然后用一滴甘露　从清冷的水间
打捞起失落千年的爱情

面对这一处天籁净土
倏然在惊叹中失语
教我如何不贪恋
贪恋那碧海青天润养着的大地
贪恋那大片如白朵浮动的羊群
贪恋那打翻颜料晕染出的片片澄锦
贪恋那满眼青翠的嫩草
贪恋那有着泉水般清澈眼睛的羊羔
贪恋那浓郁芬芳的酥油茶
贪恋那歌声清甜的牧羊女

青海湖
高原上璀璨的明珠
莫不是青鸟飞过遗失了的情人的信物
成为爱情最后被遗忘的地方
蚀骨的相思　在谷地聚泪成海

和那些深埋地下的琥珀一起
在时间的洪荒里
将自己锻造得更加纯粹

月亮回到湖心
野鹤奔向闲云
少年身轻如燕
越过赤瓦高墙
顺手采一朵绯红的桃花
轻叩情人虚掩的门窗
温暖闺房中　有炉火跳动的蓝焰
燃烧吧　燃烧——
纵一把火，连坐春天也烧成灰烬

云间梦醒月朦胧
小径湿雨曼陀罗
白茅斜插艾草
看那一对偷食桑葚的斑鸠
连初春的残雪
都因嫉妒急红了眼
且等他踏雪飞鸿过处
留下印记
留下昨夜欢爱的秘密

玛尼石上三世盟
菩提树下一朝休

子规频啼　休休休
井清如镜　空寂伫立
回照两个人的前世今生
万千世界　竟无一处能容
放浪形骸的少年和枕花而眠的少女
在草木春深时节
那一段花满枝桠的爱与绽放

饮一碗青稞酒　饯壮士行
此一去，山遥水迢，沟涧横陈
无语凝噎　最后都只化作一声叹息
犹嫁东风　千里烟波凝望断
再不闻斑鸠脸红心跳的歌唱
再不见情人朝思暮想的容颜
犹记相思离歌愁肠断
犹记如花靥面泪珠线
沉郁的青海湖啊
且收容这空心的人儿
连同那不被祝福的爱
也一并纳下

碧海青天夜夜心
一弯冷月　挑起一座高原的山河破碎
一袭赤袍　如血翻飞
融进这浩淼无边的夜色
像一只天鹅　缓缓走向湖心

在斑斓的湖底
与水草，海贝，珊瑚，神龟一道
化身守护日月的　翱翔的鱼

战鼓

灵魂总在午夜出鞘
去往那　漠漠黄沙的西部
闪烁着刀戈与铁骑的寒光
来自远古的战神
他的魂魄——
就流淌在黄河翻滚的浪涛间
凝结在胡杨的枝桠和血液里

西部，一个被战火和鲜血洗过的地方
担负着华夏几千年的波澜壮阔
冷寂也欣荣　富饶也贫瘠　沉重也空灵
踏足这片原上
就恨不能嵌入它雄浑的河流的血液
和那千沟万壑的山岭之骨髓

阳关封霜　狼烟再起
在大漠孤烟之上托起落日
依稀可辨　那是祖先戎马战功的道场
有酒，且开怀畅饮吧
岂曰无衣，与子同袍

有肉，且大块朵颐吧
以胡虏肉，就匈奴血

敲响吧　战鼓
让每一寸心
都随着细密的战鼓激荡
去震荡峭削的山峰
去激越解冻的河流
去叫醒沉睡的战士
去舔拭锈蚀的刀锋
在青山埋骨的地方
奏一曲旷世的绝响

营帐前的一缕炊烟
瞬间勾起游子故国家园的情思
依稀——
是村头石磨旁劳作的母亲的白发
是妻子在麦田手不停挥的镰刀
是垂髫少年嘴里吹出的一串牧歌
是仲秋的桂香和月圆
是隆冬温暖的篝火
是旌旗十万，捷报千里的烽烟狼卷

挽起霜染的鬓发
鼓起飞扬的战旗
给铜古色的臂膀绘上中华龙的图腾

只将奔赴　只将奔赴
朝着太阳的方向
在一条路上　流尽最后一滴血
为失落的家园
为热血的归宁

醉卧沙场
那些久远年代的血都只将销迹
赫赫的战功或是惨痛的败仗也只将沉沙
战鼓过后　海晏河清
却也正是流淌着的血的河流
指引我们认清来路和去处

战鼓，为胜者歌颂
也为败者鸣丧
呜咽吧
为西楚霸王败走乌江前的红尘一瞥
激荡吧
为蒙古铁骑横扫南北的壮怀与赤胆
振奋吧
为虎门那一把火的畅快与桑烟弥漫楼船千里

河流，湖泊，江海
村庄，原野，山川
鸦雀，斑鸠，猫头鹰
迭迭香，车前草和蝴蝶兰

都请你安静
是夜　我只想在流淌的睡梦中
倾听遥远的战鼓

格萨尔王

在遥远的香巴拉
格桑花迤逦如海
风马旗，摇曳着繁荣与衰亡
玛尼堆，像诵诗一样庄严美丽
牛羊成群，在雪山的晨雾中四散开来
霜冷长河，一个人以神的名义屹立在雅鲁藏布大峡谷
格萨尔王——
你这雪山之上的雄狮
雪域最神圣的王

每一座帐篷都盛满青稞酒，酥油茶
盼望着你的归期
每一个虔诚的朝拜者
都五体投地，匍匐在你脚趾
雪莲般圣洁的女子
在马背上翘首以待
矫健如鹰的汉子已备好弓箭
时刻随你马前

上古的年代早已远去

传说中的王国如烟沉寂
听，雪山崩摧的声音
是对英雄悲恸的挽歌
沉默的草原冷风瑟瑟
等待　是太久了
格萨尔王——
你这信仰的旗帜
你这伟大的战神
你这慈爱的化身

虔诚的信徒　手扶转经筒
一圈圈轮回　一夜夜守候
四季的花开了又败，败了又开
少女脸色红润，青果已然成熟
高原风把经幡鼓的更高
高僧在虔诚的祷告中与上天耳语
你说——
绿鬃的毛会显示
莲花盛开会显示
森林中的山虎，漂亮的斑纹会显示
大海深处的金眼鱼，六鳍丰满会显示
潜于人间的神降子，机缘已到会显示

在华夏文明的顶端
河图，洛书，易经，老子开启智慧之源
在这寂寂草原的深处

却是你横扫了荒蛮，妖魔和丑恶
送羊群回归草原
让浪子重返故园
把大爱汇成泉流
将信仰立成一座座玛尼堆
根植在雪域的每一处沟壑与山甸

桑烟不起，禅房沉灰
阿姆的尸身被弃之荒野
秃鹰盘旋在山谷觅食
悲哀笼罩着屋顶，如呜咽的风
罪恶开启了潘多拉之盒
比瘟疫更可怕的恶之花
裹挟着泥流砂石的喧响　轰隆隆来了
良善被逼进维谷　美丽被蹂躏致死
信仰在枝头　摇摇欲坠

格萨尔王
万恶苍生的灵待你拯救
请你开启慈悲的法门
指引迷路的孩子回家
用你雪山圣境的威严
惩罚那些龌龊卑劣的恶人
用你高原海子的泉流
涤荡那些华衣下的肮脏和杀戮

千眼千手的观音啊　为何眼中满是哀伤
是为深重的苦难　还是自欺的贪婪
翻云覆雨的天神啊　为何总是怒目圆睁
是为看不过的羸弱　还是欺瞒压榨的嘴脸
救人水火，手执玉露的白度母
何以形容如此消瘦
是为无边的苦海　还是四野的荒蛮
苍生难渡
愿得智慧直明了　愿消之障诸烦恼

格萨尔王
你这响彻在圣域的英雄的王
请告知拯救苍生的密法
神秘的伏藏　这一世的有缘人
他们何时才能
如一条河的汇集，如一股绳的拧结，如匣与锁的碰撞
撩开那《地下预言》的层层迷雾
开启　七度母之门
穿过荆棘丛林，和毒蛇猛兽
找到一条通往香巴拉的路径

佛陀在菩提树下打坐
颔首之间　莲花次第盛开
格萨尔王——
此时，你可也是他座下三千信徒之一
正匍匐于榻上　聆听教诲

请给我以火，给我以电
给我以盗火者普罗米修斯的机敏
给我以大力孙参的勇敢
给我伊卡洛斯翱翔的双翼
给我以洞悉苍生的天眼

把家园和牛羊交给女人
男人就该仗剑天涯，荡扫八荒
沿着大鹏鸟和海东青的方向
随英雄的王者一起出征
让神器现身　并发挥它的威力
全新的战场上　没有硝烟
是心魔与心魔的抵抗
是智慧与邪恶的角逐